U0933769

阅读之前 没有真相

午夜文库

阿加莎·克里斯蒂

侦探小说

阿加莎·克里斯蒂
Agatha Christie（1890—1976）

无可争议的侦探小说女王，侦探文学史上最伟大的作家之一。

阿加莎·克里斯蒂原名为阿加莎·玛丽·克拉丽莎·米勒，一八九〇年九月十五日生于英国德文郡托基的阿什菲尔德宅邸。她几乎没有接受过正规的教育，但酷爱阅读，尤其痴迷于歇洛克·福尔摩斯的故事。

第一次世界大战期间，阿加莎·克里斯蒂成了一名志愿者。战争结束后，她创作了自己的第一部侦探小说《斯泰尔斯庄园奇案》。几经周折，作品于一九二〇年正式出版，由此开启了克里斯蒂辉煌的创作生涯。一九二六年，《罗杰疑案》由哈珀柯林斯出版公司出版。这部作品一举奠定了阿加莎·克里斯蒂在侦探文学领域不可撼动的地位。之后，她又陆续出版了《东方快车谋杀案》、《ABC 谋杀案》、《尼罗河上的惨案》、《无人生还》、《阳光下的罪恶》等脍炙人口的作品。时至今日，这些作品依然是世界侦探文学宝库里最宝贵的财富。根据她的小说改编而成的舞台剧《捕鼠器》，已经成为世界上公演场次最多的剧目；而在影视改编方面，《东方快车谋杀案》为英格丽·褒曼斩获奥斯卡大奖，《尼罗河上的惨案》更是成为几代人心目中的经典。

阿加莎·克里斯蒂的创作生涯持续了五十余年，总共创作了八十余部侦探小说。她的作品畅销全世界一百多个国家和地区，累计销量已经突破二十亿册。她创造的小胡子侦探波洛和老处女侦探马普尔小姐为读者津津乐道。阿加莎·克里斯蒂是柯南·道尔之后最伟大的侦探小说作家，是侦探文学黄金时代的开创者和集大成者。一九七一年，英国女王授予克里斯蒂爵士称号，以表彰其不朽的贡献。

一九七六年一月十二日，阿加莎·克里斯蒂逝世于英国牛津郡沃灵福德家中，被安葬于牛津郡的圣玛丽教堂墓园，享年八十五岁。

阿加莎·克里斯蒂 侦探作品年表

波洛系列

1920 The Mysterious Affair at Styles《斯泰尔斯庄园奇案》

1923 Murder on the Links《高尔夫球场命案》

1924 Poirot Investigates《首相绑架案》

1926 The Murder of Roger Ackroyd《罗杰疑案》

1927 The Big Four《四巨头》

1928 The Mystery of the Blue Train《蓝色列车之谜》

1932 Peril at End House《悬崖山庄奇案》

1933 Lord Edgware Dies《人性记录》

1934 Murder on the Orient Express《东方快车谋杀案》

1935 Three—Act Tragedy《三幕悲剧》

1935 Death in the Clouds《云中命案》

1936 The ABC Murders《ABC 谋杀案》

1936 Murder in Mesopotamia《古墓之谜》

1936 Cards on the Table《底牌》

1937 Dumb Witness《沉默的证人》

1937 Death on the Nile《尼罗河上的惨案》

1937 Murder in the Mews《幽巷谋杀案》

1938 Appointment with Death《死亡约会》

1938 Hercule Poirot′s Christmas《波洛圣诞探案记》

1940 Sad Cypress《H 庄园的午餐》

1940 One, Two, Buckle My Shoe《牙医谋杀案》

1941 Evil Under the Sun《阳光下的罪恶》

1943 Five Little Pigs《五只小猪》

1946 The Hollow《空谷幽魂》

1947 The Labours of Hercules《赫尔克里·波洛的丰功伟绩》

1948 Taken at the Flood《致命遗产》

1952 Mrs. McGinty′s Dead《清洁女工之死》

1953 After the Funeral《葬礼之后》

1955 Hickory Dickory Dock《山核桃大街谋杀案》

1956 Dead Man′s Folly《死者的殿堂》

1959 Cat Among the Pigeons《鸽群中的猫》

1960 The Adventure of the Christmas Pudding《雪地上的女尸》

1963 The Clocks《怪钟疑案》
1966 Third Girl《第三个女郎》
1969 Hallowe' en Party《万圣节前夜的谋杀案》
1972 Elephants Can Remember《大象的证词》
1974 Poirot' s Early Stories《蒙面女人》
1975 Curtain—Poirot's Last Case《帷幕》

马普尔小姐系列

1930 The Murder at the Vicarage《寓所谜案》
1932 The Thirteen Problems《死亡草》
1942 The Body in the Library《藏书室女尸之谜》
1943 The Moving Finger《魔手》
1950 A Murder Is Announced《谋杀启事》
1952 They Do It with Mirrors《借镜杀人》
1953 A Pocket Full of Rye《黑麦奇案》
1957 4.50 from Paddington《命案目睹记》
1962 The Mirror Crack' d from Side to side《破镜谋杀案》
1964 A Caribbean Mystery《加勒比海之谜》
1965 At Bertram' s Hotel《伯特伦旅馆》
1971 Nemesis《复仇女神》
1976 Sleeping Murder《沉睡谋杀案》
1979 Miss Marple' s Final Cases《马普尔小姐探案》

其他系列及非系列

1922 The Secret Adversary《暗藏杀机》
1924 The Man in the Brown Suit《褐衣男子》
1925 The Secret of Chimneys《烟囱别墅之谜》
1929 Partners in Crime《犯罪团伙》
1929 The Seven Dials Mystery《七面钟之谜》
1930 The Mysterious Mr. Quin《神秘的奎因先生》
1931 The Sittaford Mystery《斯塔福特疑案》
1933 The Hound of Death《死亡之犬》
1934 Why Didn' t They Ask Evans?《悬崖上的谋杀》
1934 The Listerdale Mystery《金色的机遇》

阿加莎·克里斯蒂 侦探作品年表

1934 Parker Pyne Investigates《惊险的浪漫》

1939 Murder Is Easy《杀人不难》

1939 And Then There Were None《无人生还》

1941 N or M?《桑苏西来客》

1944 Towards Zero《零点》

1945 Sparkling Cyanide《死亡的怀念》

1945 Death Comes as the End《死亡终局》

1949 Crooked House《怪屋》

1950 Three Blind Mice and Other Stories《三只瞎老鼠》

1951 They Came to Baghdad《他们来到巴格达》

1954 Destination Unknown《地狱之旅》

1958 Ordeal by Innocence《奉命谋杀》

1961 The Pale Horse《白马酒店》

1967 Endless Night《长夜》

1968 By the Pricking of My Thumbs《煦阳岭的疑云》

1970 Passenger to Frankfurt《天涯过客》

1973 Postern of Fate《命运之门》

1991 Problem at Pollensa Bay《神秘的第三者》

1997 While the Light Lasts《灯火阑珊》

出版前言

纵观世界侦探文学一百七十余年的历史，如果说有谁已经超脱了这一类型文学的类型化束缚，恐怕我们只能想起两个名字——一个是虚构的人物歇洛克·福尔摩斯，而另一个便是真实的作家阿加莎·克里斯蒂。

阿加莎·克里斯蒂以她个人独特的魅力创造着侦探文学史上无数的传奇：她的创作生涯长达五十余年，一生撰写了八十余部侦探小说；她开创了侦探小说史上最著名的“黄金时代”；她让阅读从贵族走入家庭，渗透到每个人的生活中；她的作品被翻译成一百多种文字，畅销全球一百五十余个国家，作品销量与《圣经》、《莎士比亚戏剧集》同列世界畅销书前三名；她的《罗杰疑案》、《无人生还》、《东方快车谋杀案》、《尼罗河上的惨案》都是侦探小说史上的经典；她是侦探小说女王，因在侦探小说领域的独特贡献而被册封为爵士；她是侦探小说的符号和象征。她本身就是传奇。沏一杯红茶，配一张躺椅，在暖暖的阳光下读阿加莎的小说是一种生活方式，是惬意的享受，也是一种态度。

午夜文库成立之初就试图引进阿加莎的作品，但几次都与版权擦肩而过。随着午夜文库的专业化和影响力日益增强，阿加莎·克里斯蒂的版权继承人和哈珀柯林斯出版公司主动要求将版权独家授予新星出版社，并将阿加莎系列侦探小说并入午夜文库。这是对我们长期以来执著于侦探小说出版的褒奖，是对我们的信任与鼓励，更是一种压力和责任。

新版阿加莎·克里斯蒂作品由专业的侦探小说翻译家以最权威的英文版本为底本，全新翻译，并加入双语作品年表和阿加莎·克里斯蒂家族独家授权的照片、手稿等资料，力求全景展现“侦探女王”的风采与魅力。使读者不仅欣赏到作家的巧妙构思、离奇桥段和睿智语言，而且能体味到浓郁的英伦风情。

阿加莎作品的出版是一项系统工程，规模庞大，我们将努力使之臻于完美。或存在疏漏之处，欢迎方家指正。

新星出版社

午夜文库编辑部

Agatha Christie

Over the next few years, we plan to celebrate two very important Agatha Christie anniversaries. In 2015, it is the 125th anniversary of her birth in Torquay, South Devon, England, and in 2020 it will be 100 years after her first book, THE MYSTERIOUS AFFAIR AT STYLES, featuring her famous detective, Hercule Poirot, was published. This is therefore a very appropriate moment to publish a new edition of her works, and I am delighted that HarperCollins has chosen to work with New Star on these new editions. New Star is China's top crime publisher, and has a strong and dedicated editorial staff and a confirmed passion for Agatha Christie, making them the ideal partner. It is the right time to make these classic books available in modern translations and so to bring Agatha Christie's books anew to her many fans in China, giving them a new reason to re-read these much-loved stories, as well as introducing them to a whole new audience. How delighted Agatha Christie would have been that her stories (as she called them) are still giving so much pleasure to so many people all over the world!

I think there are two very remarkable things about Agatha Christie's stories. The first is that they are so adaptable. It doesn't really matter which language they appear in, the stories and the plots still give the same thrill, still provide the same puzzles, and the characters still have the same attraction. Readers in China will I am sure enjoy Hercule Poirot and Miss Marple just as much as we do in England, and readers in China will still be transfixed by the surprises and horrors of AND THEN THERE WERE NONE, one of the great classics of 20th century detective fiction, as we are here.

Agatha Christie

The second is that the stories give a wonderful picture of England, particularly rural England, at the time Agatha Christie lived. She wrote books from 1920 until 1970 but it is sometimes hard to tell which part of her life each book was written in. Her characters and the life they lived were very much the same. The life we all live is changing very quickly these days but "the Agatha Christie world" stays the same. Perhaps the Miss Marple stories provide the best example of this, and in some ways THE BODY IN THE LIBRARY and NEMESIS are quite similar, despite the fact that thirty years elapsed between the time they were written.

Perhaps I might end by mentioning three Agatha Christies (other than the ones mentioned above) which I think demonstrate why she is so popular, even in the twenty-first century. The first is MURDER ON THE ORIENT EXPRESS, one of the most famous with one of the most ingenious and human plots. Read this on one of your long train journeys in China! Next is A MURDER IS ANNOUNCED, a Miss Marple which was her 50th book. It has my favourite murderer in it! And last is ENDLESS NIGHT a story about evil and how it affects three young people, written at the time when I knew her best, and understood how deeply she cared and sympathised with young people and the world they lived in.

Whichever are your favourites I hope you enjoy these stories that New Star are introducing to you again. I think it is a great publishing event.

Mathew Prichard

Grandson of Agatha Christie

Chairman of Agatha Christie Ltd

致中国读者

（午夜文库版阿加莎·克里斯蒂作品集序）

在过去的几年中，我们一直在筹备两个非常重要的关于阿加莎·克里斯蒂的纪念日。二〇一五年是她的一百二十五岁生日——她于一八九〇年出生于英国的托基市；二〇二〇年则是她的处女作《斯泰尔斯庄园奇案》问世一百周年的日子，她笔下最著名的侦探赫尔克里·波洛就是在这本书中首次登场。因此新星出版社为中国读者们推出全新版本的克里斯蒂作品正是恰逢其时，而且我很高兴哈珀柯林斯选择了新星来出版这一全新版本。新星出版社是中国最好的侦探小说出版机构，拥有强大而且专业的编辑团队，并且对阿加莎·克里斯蒂的作品极有热情，这使得他们成为我们最理想的合作伙伴。如今正是一个良机，可以将这些经典作品重新翻译为更现代、更权威的版本，带给她的中国书迷，让大家有理由重温这些备受喜爱的故事，同时也可以将它们介绍给新的读者。如果阿加莎·克里斯蒂知道她的小故事们（她这样称呼自己的这些作品）仍然能给世界上这么多人带来如此巨大的阅读享受，该有多么高兴啊！

我认为阿加莎·克里斯蒂的作品有两个非常重要的特征。首先它们是非常易于理解的。无论以哪种语言呈现，故事和情节都同样惊险刺激，呈现给读者的谜团都同样精彩，而书中人物的魅力也丝毫不受影响。我完全可以肯定，中国的读者能够像我们英国人一样充分享受赫尔克里·波洛和马普尔小姐带来的乐趣；中国读者也会和我们一样，读到二十世纪最伟大的侦探经典作品——比如《无人生还》——的时候，被震惊和恐惧牢牢钉在原地。

第二个特征是这些故事给我们展开了一幅英格兰的精彩画卷，特别是阿加莎·克里斯蒂那个年代的英国乡村。她的作品写于上世纪二十年代至七十年代间，不过有时候很难说清楚每一本书是在她人生中的哪一段日子里写下的。她笔下的人物，以及他们的生活，多多少少都有些相似。如今，我们的生活瞬息万变，但“阿加莎·克里斯蒂的世界”依旧永恒。也许马普尔小姐的故事提供了最好的范例：《藏书室女尸之谜》与《复仇女神》看起来颇为相似，但实际上它们的创作年代竟然相差了三十年。

最后，我想提三本书，在我心目中（除了上面提过的几本之外）这几本最能说明克里斯蒂为什么能够一直受到大家的喜爱。首先是《东方快车谋杀案》，最著名，也是最机智巧妙、最有人性的一本。当你在中国乘火车长途旅行时，不妨拿出来读读吧！第二本是《谋杀启事》，一个马普尔小姐系列的故事，也是克里斯蒂的第五十本著作。这本书里的诡计是我个人最喜欢的。最后是《长夜》，一个关于邪恶如何影响三个年轻人生活的故事。这本书的写作时间正是我最了解她的时候。我能体会到她对年轻人以及他们生活的世界关心至深。

现在新星出版社重新将这些故事奉献给了读者。无论你最爱的是哪一本，我都希望你能感受到这份快乐。我相信这是出版界的一件盛事。

阿加莎·克里斯蒂外孙

阿加莎·克里斯蒂有限责任公司董事长

马修·普理查德

二〇一三年二月二十日

阿加莎·克里斯蒂侦探作品集⑤

七面钟之谜

The Seven Dials Mystery

[英]阿加莎·克里斯蒂 著
程云琦 徐曙蕾 译

新 星 出 版 社 NEW STAR PRESS

目录

目 录

第一章　关于早起

一团和气的小伙子吉米·塞西杰三步并作两步地从烟囱别墅那宽大的楼梯上跑下来。他跑得太快了，跟神情威严的管家特雷德韦尔撞了个满怀。特雷德韦尔正端着一壶刚煮好的热咖啡穿过厅堂。幸亏他眼疾手快，所以没有造成什么伤害。

“抱歉，”吉米连忙道歉，“对了，特雷德韦尔，我不会是最后一个下来的吧？”

“不是，先生，韦德先生还没下来呢。”

“哦。”吉米说着，进了吃早餐的屋子。

屋子里只有房东太太一个人。她用责备的目光看了吉米一眼。这让吉米很不舒服，就好像看到鱼摊上死鱼眼睛的感觉。真是岂有此理，至于用这种眼神吗？不就是在这幢乡下屋子里过夜，没有在早上九点半准时起床下楼嘛。现在是十一点一刻，的确是有点过分了。不过，即使这样……

“库特夫人，怕是我起来得晚了一点，是不是？”

“噢，没关系。”库特夫人的语气有点闷闷不乐。

其实，吃早饭迟到总是令她非常不安。在她结婚后的头十年里，要是奥斯瓦德·库特爵士（当时还没获得爵士头衔）吃早饭的时间比八点钟晚了，哪怕只晚了半分钟，他也会大发雷霆。渐渐地，库特夫人把不准时看做是最不可饶恕的罪过。习惯是很难改掉的，而且，她是个急性子。有时她不禁感慨，这些连早起都做不到的年轻人，在这世上还能干出什么大事业来呢。就像奥斯瓦德爵士常常对记者或其他什么人说的：“我取得成功完全归功于早起、节俭和有规律的生活习惯。”

库特夫人是个身材高大的漂亮女人，但神情中总是带有一丝哀伤。她那对深邃的大眼睛透着忧伤，说起话来声音低沉。要是有人想画一幅《圣经》里的“拉结哭她的儿女”的油画，库特夫人一定是理想的模特。如果她去演音乐剧，也一定会很出色——一个饱受恶棍丈夫虐待的可怜妻子，在冰天雪地里孤独地蹒跚前行。

她的样子让人觉得她在生活中似乎遭受过极大的隐痛，但事实上，库特夫人从没有经历过苦日子，而且嫁给奥斯瓦德爵士之后，她也算是夫贵妻荣了。在还是姑娘的时候，库特夫人就是一个快乐无忧的小可爱，她深深地爱上了奥斯瓦德——一个在她父亲五金店旁的自行车店里工作的胸怀大志的年轻人。他们在一起生活得很快乐，先是租了几间房子住，然后有了一幢小屋子。再后来他们的房子越来越大，越来越好，但总是在“工厂”的附近——直到奥斯瓦德爵士出人头地，不再跟“工厂”有依存关系。而且，他总是喜欢租用全英格兰最大、最豪华的宅邸。“烟囱别墅”就是一个很有年头的地方，两年前从凯特勒姆勋爵那里租过来的时候，奥斯瓦德觉得自己已达到了人生的巅峰。

不过，库特夫人对此并没有那么高兴。她是一个孤僻的女人。刚结婚时，她主要的消遣就是跟“女孩们”聊天——甚至当“女孩”的人数大大增加时，她的主要消遣还是跟仆人们聊天。如今，库特夫人身边有了一群女仆，一个像大主教一般威风的管家，几个身材高大的男仆，一群叽叽喳喳在厨房里帮忙的女孩子，一个脾气暴躁到有些吓人的外国厨师，还有一个走起路来就哑着嗓子叫唤的大块头女管家——但库特夫人仍然感觉自己像是被放逐到荒岛上一般。

她重重地叹了一口气，从敞开的落地窗缓缓地走了出去，这倒让吉米·塞西杰大大地松了一口气，趁机又多吃了几块腰花和熏肉。

库特夫人忧心忡忡地在露台上站了一会儿，然后鼓起勇气想和麦克唐纳说说话。麦克唐纳是领头的园丁，他正像一个独裁君王一样俯视着自己统治的这块领土。麦克唐纳是园丁中的“领袖”和“亲王”，他了解自己的“领地”，而且治理起来就像是一个暴君。

库特夫人忐忑不安地走上前去。

“早上好，麦克唐纳。”

“早上好，夫人。”

他以园丁老大的口气回了话——语气有点哀伤，却不乏威严——就像参加葬礼的帝王。

“我在想……今天晚上可不可以摘一些那边刚熟的葡萄，做一道甜点？”

“还不够熟呢，不能摘。”麦克唐纳回答道。

他的语气缓和却很坚决。

“哦。”库特夫人鼓起勇气继续说道，“可是我昨天在那里尝了一颗，味道蛮好的。”

麦克唐纳盯着她，弄得她脸红起来。他的目光让她觉得自己这种放肆的行为是不可原谅的。很显然，凯特勒姆勋爵夫人从不会这么失礼，自己跑到温室里随意摘葡萄吃。

“如果您事先吩咐一声，夫人，我们早就会剪一串给您送去的。”麦克唐纳的语气有些严厉。

“噢，多谢了。”库特夫人回答道，“好的，下次我一定这么做。”

“只是现在还不适合摘。”

“是的，”库特夫人喃喃道，“是的，大概是不适合。那就算了吧。”

麦克唐纳没有搭腔，沉默中透露着威严。库特夫人又一次鼓起勇气。

“我正想跟你谈谈玫瑰花园后面那块草坪的事。我想是不是可以把它改造成草地滚球场。奥斯瓦德爵士非常喜欢玩滚球游戏。”

“有什么不可以呢？”库特夫人心里想着。她以前上英国历史课时就知道，德雷克爵士和他的骑士伙伴们不就是在玩滚球游戏时才发现西班牙无敌舰队的吗？这显然是一项绅士的活动，麦克唐纳没理由反对。然而，她没有想到这位园丁老大的犟脾气——那就是听不进别人提出的任何建议。

“不可以这么做。”麦克唐纳没有表示赞同。

他泼了一盆冷水，不过他真正的用意是想诱使库特夫人彻底放弃。

“如果清理一下，还有……呃……修剪一下……诸如此类的吧。”她仍然抱有希望。

“行，”麦克唐纳慢吞吞地说道，“这能做到。可是这么一来，就得把威廉从那边叫过来了。”

“噢！”库特夫人疑惑地说道。“那边”对她来说毫无意义——只是让她模模糊糊地想起一首苏格兰民歌——但对麦克唐纳来说，这显然是最强烈的反对了。

“那会是一大遗憾。”麦克唐纳说道。

“噢！当然，”库特夫人说道，“是的。”但她马上又奇怪自己为什么会这么快地表示赞同。

麦克唐纳死死地盯着她。

“当然，”他开口说道，“如果您有吩咐，夫人……”

他没有把话说完，但威胁的语气对库特夫人来说再明显不过了。她立即投降认输。

“哦，不，”她说道，“我懂你的意思，麦克唐纳。不……不……威廉还是留在那里的好。”

“我也是这么想的，夫人。”

“是的，”库特夫人说，“是的，当然。”

“我想您会同意的，夫人。”麦克唐纳说道。

“哦，当然。”库特夫人又说了一遍。

于是，麦克唐纳正了正帽子，转身走开了。

库特夫人看着他远去的背影，不快地叹了一口气。吉米·塞西杰在饱餐了一顿腰花和熏肉之后，这时也来到露台上，站在她身旁。他也叹了口气，但心情是完全不同的。

“今天早上真是好极了，嗯？”他说道。

“是吗？”库特夫人有点心不在焉，“哦，是的，大概是吧。我没注意到。”

“其他人呢？在湖上划船吗？”

“我想是吧。我是说，如果他们在那里划船，我不会觉得奇怪。”

库特夫人转身回到屋子里。特雷德韦尔正在端详那把咖啡壶。

“噢，天哪，”库特夫人说道，“那位先生还没……”

“您是说韦德先生吗，夫人？”

“对，韦德先生。他还没下来吗？”

“没呢，夫人。”

“已经很晚了。”

“是很晚了，夫人。”

“噢，天哪！我想他大概要下来了吧，特雷德韦尔？”

“是的，夫人。昨天韦德先生是十一点半下来的，夫人。”

库特夫人瞟了一眼钟表，差二十分就到十二点了。她心中不免有些怜悯。

“真是难为你了，特雷德韦尔。你得把这里打扫干净，然后在一点钟之前又要准备好午餐。”

“我已经习惯了年轻绅士们的生活方式，夫人。”

他说话声音不是很重，但责备的意思很明显了。教堂的主教在责备一个无心犯错的土耳其人或异教徒时也会用这种口吻。

库特夫人的脸又一次红了起来。幸好这时门开了，打破了她的难堪。一个表情严肃、戴着眼镜的年轻人探头进来。

“哦，您在这儿，库特夫人。奥斯瓦德爵士请您过去一趟。”

“好的，我马上就去，贝特曼先生。”

库特夫人急匆匆地离开了。

鲁珀特·贝特曼是奥斯瓦德爵士的私人秘书，他穿过落地窗，从另一个方向离开了。而吉米·塞西杰还悠然自得地在那里看风景呢。

“早上好，黑猩猩，”吉米打了个招呼，“我想我得去给那些该死的小妞们献殷勤了。一起去吧？”

贝特曼摇了摇头，顺着露台和旁边的窗户走开了。

看着他消失的背影，吉米咧嘴一笑。他和贝特曼以前是同学，当时贝特曼就戴了眼镜，是个不苟言笑的文静男子，但不知是什么原因，他竟得到了一个“黑猩猩”的绰号。

吉米心想，黑猩猩还是跟以前一样，是个笨蛋。“生活是真实的，生活是认真的”，这句话用在他身上再合适不过了。

吉米打了个呵欠，慢慢地朝湖边走去。女孩们都在那里，一共有三个，都是普普通通的短发女孩——两个黑色头发，一个金色头发。最爱笑的那个叫海伦，另外一个叫南希，至于第三个，也不知什么原因，大家管她叫“袜子”。跟她们在一起的是他的两个朋友，比尔·埃弗斯利和罗尼·德弗卢。这两人都在外交部供职，但不过是去混日子罢了。

“嗨！”南希说道（也可能是海伦打的招呼），“吉米，那个叫什么来着的先生呢？”

“你该不会是说，”比尔·埃弗斯利说道，“格里·韦德还没起床吧？应该想办法治治他才好。”

“要是他不小心，”罗尼·德弗卢说道，“总有一天他会吃不到早餐的。等他下楼，只能吃午餐或者喝下午茶了。”

“真丢脸，”那个叫“袜子”的女孩说道，“你们看，库特夫人都担心成什么样子了。她越来越像一只想下蛋却找不到窝的母鸡。这太过分了。”

“我们去把他拉下来吧。”比尔提议道，“一起去，吉米。”

“噢，我们还是用微妙点儿的方法吧。”袜子插了一句。“微妙”这个词她蛮喜欢说的，几乎成了她的口头禅。

“我是个粗人，”吉米回答道，“我不知道该怎么微妙。”

“还是明天早上一起行动吧。”罗尼暧昧地提议道，“七点钟就把他弄醒，把全屋子的人都惊动。特雷德韦尔的假胡子和茶壶掉到地上；库特夫人变得歇斯底里，一下子倒在比尔的怀里——比尔力气大嘛；奥斯瓦德爵士‘哈’的一声，他的钢铁公司股票就应声上涨；黑猩猩则大发脾气，把眼镜摔在地上，再踩上几脚。”

“你不了解格里。”吉米说，“泼足够的冷水是可以把他浇醒，但我敢说他翻个身又会睡着的。”

“噢，那我们得想个比泼冷水更微妙的方法。”袜子说。

“好吧，那你有什么好办法？”罗尼直截了当地问道，但谁也没有现成的答案。

“我们该想出个办法来才好。”比尔说，“谁点子多一些？”

“黑猩猩。”吉米说道，“瞧，他过来了，像往常一样风风火火的。黑猩猩一向最有头脑，从小就是这样，真是不幸啊。我们让他来想想办法吧。”

贝特曼先生耐心地听着他们有些不大连贯的叙述，脸上显出胸有成竹的表情。听完之后，他立即说出了自己的解决方案。

“我建议用闹钟。”他干脆地说道，“我自己就一直用闹钟，以免睡过了头。早上不声不响地送一杯早茶进去不一定会把人弄醒。”

他急匆匆地走开了。

“闹钟？”罗尼摇摇头，“一个闹钟？要想吵醒格里·韦德，用一打闹钟还差不多。”

“这有何不可？”比尔的脸涨得通红，很认真地说道，“我有个主意，咱们到街上去，每个人买个闹钟。”

大家笑着，继续聊天。比尔和罗尼去找车子。吉米被派到餐厅去打探，他很快就回来了。

“他在那儿，正狼吞虎咽着烤面包和果酱呢。我们怎么才能不让他跟我们一起去？”

最后决定去找库特夫人，要她帮忙把他拖住——吉米、南希和海伦一起完成了这项任务。

库特夫人一脸的惶惑不解。

“开个玩笑？你们可要当心点儿呀，亲爱的孩子们。我是说，你们不要把家具划伤了，或者弄坏了其他的东西。下个星期我们就要归还这幢房子了，我可不想让凯特勒姆勋爵以为……”

这时，比尔从车库回来了，他插嘴说道：“不要紧的，库特夫人。邦德尔·布伦特，凯特勒姆勋爵的女儿，是我的好朋友。再说了，她不会太计较的——绝对不会！包在我身上。而且，不会损坏东西。这件事完全不会闹出动静。”

“很微妙的事情。”那个叫袜子的女孩补充着。

库特夫人神情忧郁地沿露台走着，这时格里·韦德恰好从餐厅里出来。吉米·塞西杰是个皮肤白皙、长着娃娃脸的年轻人，相比之下，格里·韦德要显得更白皙、更可爱。但他脸上却毫无表情；相反，吉米则显得要狡黠得多。

“早上好，库特夫人。”格里·韦德说道，“其他人都到哪儿去了？”

“他们到贝辛商场去了。”库特夫人说。

“干嘛去了？”

“大概想开个玩笑吧。”库特夫人以其特有的低沉、忧郁的口气说道。

“一大早起来开玩笑，似乎太早了点吧。”韦德先生说道。

“可现在已经不早了。”库特夫人有些埋怨地说道。

“我恐怕是起来得太晚了点。”韦德先生坦率得可爱，“不过奇怪的是，不管我到什么地方，我总是最后一个起床。”

“的确非常奇怪。”库特夫人答道。

“我不知道为什么会这样。”韦德先生想了想，继续说道，“我想不出来，但我敢肯定。”

“你早些起床不就得了？”库特夫人提议道。

“噢！”韦德先生叫道。这么简单的办法令他有些吃惊。

库特夫人继续热情地说道：“奥斯瓦德爵士跟我说过很多次了，他说，再没有什么比守时更能让年轻人上进了。”

“这个我知道。”韦德先生说，“在城里的时候，我也不得不这样做。我是说，我得在上午十一点赶到外交部去。您可别以为我一直是条懒虫，库特夫人。啊，花坛那边的花儿真美，我说不上它们的名字，但我们家里也有一些……就是那些淡紫色的花，叫什么来着？我妹妹对园艺非常着迷。”

库特夫人立刻高兴起来，但她内心的委屈又开始隐隐作痛。

“你们家的园丁怎么样呢？”

“哦，只有一个园丁，有点老糊涂了，懂的不多，你得吩咐他做什么他才做什么。可是，这不也挺好的吗？”

库特夫人以极其深沉的语气深表同意，这种深沉足以让她成为一名情感丰富的出色演员。他们开始谈论起园丁的种种邪恶行径来。

与此同时，去贝辛商场的那些人也进展顺利。他们一群人冲进商场，一下子要买那么多闹钟，着实让店主困惑不已。

“真希望邦德尔也在这里，”比尔嘟囔着说道，“你认识她吧，吉米？你会喜欢她的，她擅长运动，而且也很有头脑。你认识她吗，罗尼？”

罗尼摇摇头。

“不认识？你是怎么混的？她实在很了不起。”

“说话还是微妙一点吧，比尔。”袜子说道，“别再胡说姑娘们的闲话了，办正事要紧。”

默加特罗伊德先生是这家商店的老板，一见有顾客上门，马上迎了上来。

“要我说呀，小姐，您最好不要买这种7/11型的——当然，这种型号的也不错。我不是有意贬低，但我强烈推荐您买10/6型的。加点钱完全值得，质量可靠，走得相当准。我不想让您买了之后又……”

显然，每一个人都知道，如果不像拧紧水龙头一样打断他的话，默加特罗伊德先生就会一直说个没完。

“我们要的不是可靠。”南希说。

“只要能走上一天就行。”海伦补充说道。

“声音要特别响。”袜子说道。

“我们想要……”比尔没有再说下去，因为懂一点机械常识的吉米，已经转好了几个闹钟的起闹时间。

在接下来的五分钟，整个店里响起了吵死人的闹铃声。

最后，他们选定了六个声音最大的。

“我告诉你们，”罗尼兴奋地说道，“我要替黑猩猩买一个。这是他出的主意，他不加入实在是不像话。他算一个。”

“对。”比尔说，“我也替库特夫人买一个，越多越有趣。而且，她的任务还挺重的，说不定正在跟格里那小子胡扯呢。”

此时此刻，库特夫人还真的正在向格里讲述麦克唐纳和一个漂亮女孩的故事，而且还说得有滋有味的。

闹钟都包装好了，并且付了钱。默加特罗伊德先生看着离去的汽车，脸上露出迷惑的表情。如今这些上流社会的年轻人真是能折腾，但很难理解他们为什么要这样。他松了一口气，转身接待下一个顾客，一位牧师的妻子，她想要买一个不滴水的新式茶壶。

第二章　事关闹钟

“我们该把闹钟放在哪儿呢？”

晚饭已经吃好了。库特夫人又被他们分派了任务。没想到奥斯瓦德爵士突然提议打桥牌，正好给她解了围。也许用“提议”这个词不够恰当，奥斯瓦德爵士已经是“我们的工业巨头”之一，只要他表示一下想法，周围的人就会急忙照办。

鲁珀特·贝特曼和奥斯瓦德爵士搭档，库特夫人和格里·韦德合作，这样的安排实在是再好不过了。奥斯瓦德爵士的桥牌打得非常好，就像他做其他任何事情一样。而且，他喜欢一个能够配合得上的搭档；贝特曼在牌桌上的表现跟他做秘书一样完美无瑕。他们两人都神情专注地看着手中的牌，嘴里不时喊着：“两无将”、“加倍”、“三黑桃”。库特夫人和格里·韦德则是一副轻松散漫的样子，而且在每一手牌结束之后，韦德都不忘说一句：“嘿，搭档，您打得真是棒极了。”那尊敬的语气令库特夫人极为受用。他们手中的牌也的确不错。

其他人本应该在一间大舞厅里听着收音机的音乐跳舞的，但实际上他们却聚在格里·韦德的卧室里，房间里回荡着女孩们刻意压得低低的笑声和闹钟的滴答声。

“在床底下排成一排。”吉米回答了比尔提出的问题。

“那应该设在几点？我是说，几点钟让闹钟响？是定在同一个时刻一起响，还是有先有后？”

这个问题引起了大家的热烈争论。一派认为对格里·韦德这样的大睡虫来说，必须把八个闹钟定在同一个时刻一起响才行；另一派则认为八个闹钟持续不停地响效果会更好。

最后，第二种意见占了上风，闹钟被设定为一个接一个响，从早上六点半开始。

“我希望，”比尔善意地说，“这次能给他一个教训。”

“听，听！”袜子说道。

藏闹钟的事才刚刚开始，突然传来了报警的信号。

“嘘！”吉米叫道，“有人上楼来了。”

大家慌作一团。

“没事！”吉米说，“是黑猩猩。”

贝特曼先生利用做明手的空档，正准备到自己的房间去拿块手帕。路过韦德的卧室时他停了下来，往里面瞧了一眼，随后提了一个既简单又实际的问题。

“上床时他会听到闹钟的滴答声的。”

这群密谋者面面相觑。

“我怎么说来着？”吉米肃然起敬地说道，“黑猩猩就是很有脑子！”

那个被称为有脑子的人头也不回地走开了。

“不错，”罗尼·德弗卢歪了歪头，承认说，“八个闹钟放在一起的确很吵。就算格里蠢得像头驴，也不可能听不见，他会猜到有人在搞鬼的。”

“我怀疑他是不是这样。”吉米·塞西杰说。

“是什么样？”

“像我们认为的那样，是一头蠢驴。”

罗尼瞪大了眼睛盯着他。

“我们都了解格里。”

“是吗？”吉米反问道，“我有时在想，还有谁像格里那样看上去像头蠢驴？”

大家都望着他。罗尼脸上显出一本正经的神情。

“吉米，”他说道，“你的确有脑子。”

“又一个黑猩猩。”比尔赞叹道。

“哦，我只是偶然想到而已。”吉米为自己辩解了一句。

“喂！我们不要这么微妙好不好，”袜子大声叫道，“这些钟该怎么办？”

“黑猩猩又回来了。我们问问他吧。”吉米建议道。

在众人的催促下，黑猩猩费尽心思，然后给出了他的办法。“我们等他上床睡着之后，再悄悄进去，把闹钟放在地板上。”

“小黑猩猩又说对了。”吉米说道，“时候一到，大家把闹钟放下，然后下楼去，免得引起怀疑。”

那边还在打桥牌，但是有了一些变化。奥斯瓦德爵士现在跟他太太搭档，每次出牌只要她犯一点点错误，奥斯瓦德爵士就会细致地指出。库特夫人则很包容地接受每一次指责，但她仍然对打牌毫无兴趣。她不止一次地重复：“我懂了，亲爱的，你指出来真是太好了。”但她下次仍然犯同样的错误。

格里·韦德不时地夸奖黑猩猩：“打得好，伙计，真不赖。”

比尔·埃弗斯利正在跟罗尼·德弗卢紧张地谋划着。

“假如他十二点左右上床……你觉得我们应该预留多少时间……一个小时够不够？”

他打了个呵欠。

“奇怪——我经常半夜三点才想睡觉，但是今天晚上怎么啦？莫非是因为知道我们得熬夜，反倒想做个乖孩子？我现在困了。”

大家都承认有同感。

“我亲爱的玛丽亚，”奥斯瓦德爵士有些愠怒，“我跟你说过多少次了，在考虑要不要偷牌的时候不要犹豫。你这样一来，全桌人都知道你手上的牌了。”

对于丈夫的指责，库特夫人本来可以很容易就挡回去的——既然奥斯瓦德爵士是明手，他就没有权力对对家的出牌说三道四。不过，她并没有这么做，而是和气地微微一笑，把丰满的胸脯往前欠了欠，硬是把坐在她右手边的韦德手里的牌看了个仔细。

她看到韦德手上有一张Q，先前的不安顿时消失了。她打出一张J，赢了这一墩，便打算摊牌。

“赢了四墩，而且赢了这一局，”她高兴地宣布，“能赢四墩真是非常幸运！”

“幸运！”格里·韦德嘟囔着说道。他把椅子往后一推，走到壁炉边，加入聚在那里的人群，“她管这叫幸运。那女人得防着点才好。”

库特夫人正忙着收拢桌上的纸币和银币。

“我知道我打得不好。”她掩饰不住内心的喜悦，“不过我的运气实在很好。”

“你永远也不会成为一个桥牌手，玛丽亚。”奥斯瓦德爵士说道。

“当然，亲爱的，”库特夫人说，“这个我知道。你一直都这么说，但我确实已经很努力了。”

“她确实努力了，”格里低声说道，“而且丝毫不加掩饰。要是找不到别的办法偷看你的牌，她索性会把头伸过来看。”

“我知道你很努力，”奥斯瓦德爵士说，“问题是你丝毫没有打牌的感觉。”

“我知道，亲爱的，”库特夫人答道，“你一直这么说的。你还欠我十先令，奥斯瓦德。”

“是吗？”奥斯瓦德爵士显得很惊讶。

“没错。一千七百分，也就是八镑十先令。你只给了我八镑。”

“哎呀，”奥斯瓦德爵士叫道，“是我的错。”

库特夫人遗憾地冲他微微一笑，收起那十先令。虽然她非常喜欢自己的丈夫，不过也不容许他无缘无故少给十先令。

奥斯瓦德爵士挪到墙边的一张桌前，喝了些威士忌加苏打水，随即变得热情活泼起来。当大家互道晚安时，已经是晚上十二点半了。

罗尼·德弗卢住在格里·韦德的隔壁，所以被分派打探情况。差一刻两点时，他悄悄地到每个人的房间敲门。于是，一群人穿着各式各样的睡衣睡袍聚在一起，楼道里发出沙沙的拖鞋声、低低的浅笑声和悄悄的说话声。

“他房里的灯大约二十分钟前就熄掉了，”罗尼压低了嗓音报告说，“我还以为他不会熄灯呢。刚才我打开了他的门，往里面看了看，他好像睡得很熟。现在怎么办？”

很快，所有的闹钟又被集中在一起。这时又出现了另一个难题。

“我们不能都挤进去，那样就太吵了。得派一个人进去，其他人把闹钟往里面递。”

大家又七嘴八舌地讨论选谁进去比较恰当。

三个女孩子被排除在外，因为她们喜欢发出格格的笑声。比尔·埃弗斯利也被排除了，因为他人高马大，走起路来很响，而且有点笨手笨脚（对于这一点，他当然是强烈反对）。吉米·塞西杰和罗尼·德弗卢被认为是合适的人选，但最终大多数人认为鲁珀特·贝特曼最合适。

“黑猩猩是最佳人选，”吉米表示赞同，“他走起路来就像猫一样轻，一直都是这样。再说了，万一格里醒过来，黑猩猩肯定能想出办法糊弄过去，说出一些听上去有道理、不让他起疑的话。”

“一些微妙的话。”袜子若有所思地说道。

“对。”吉米强调道。

黑猩猩手脚麻利，小心翼翼地打开卧室门，带着最大的两个闹钟消失在黑暗之中。一两分钟之后，他又回到门口，其他人又递给他两个闹钟。就这样又重复了两次，最后他终于出来了。大家屏住呼吸，仔细地听着。格里·韦德均匀的呼吸声依稀可辨，但渐渐就被默加特罗伊德先生的八个闹钟发出的激昂喧嚣的滴答声给淹没了。

第三章 失败的玩笑

“十二点了！”袜子绝望地说道。

这个玩笑——如果说是个玩笑——并不成功。但另一方面，那些闹钟还是履行了它们的职责。它们一个个按时响起来，响得那么起劲，那么热烈。闹钟惊得罗尼·德弗卢从床上跳起来，迷迷糊糊地以为世界末日来临了。如果隔壁屋子里的人都惊成这样，那么离闹钟最近的人又会是什么样子？罗尼连忙来到外面的过道上，把耳朵贴在门缝上。

他以为会听到里头的咒骂声，而且预计到了会骂些什么。然而，他什么都没听到。也就是说，他的期待完全落了空。所有的闹钟都走得好好的，滴答声高亢雄浑，令人心烦意乱。又有一只闹钟响了，响声沙哑，震耳欲聋，就算是聋子听了也会跳起来。

毫无疑问，闹钟忠实地履行了它们的职责，效果之好，远远超出了默加特罗伊德先生的承诺。但对于这些闹钟来说，格里·韦德显然是个难缠的对手。

这群密谋者几乎要绝望了。

“那小子简直不是人！”吉米·塞西杰抱怨道。

“说不定他以为是远处的电话铃响，翻个身又睡着了。”海伦，也可能是南希，猜测着。

“我看这太不正常了，”鲁珀特·贝特曼一本正经地说道，“我想他应该去看看医生。”

“也许是鼓膜的毛病。”比尔显得很肯定。

“唉，要我说呀，”袜子说道，“他说不定是将计就计。他不可能听不到，只是假装什么也没听见，好让我们失望。”

每个人都用钦佩的目光看着袜子。

“有道理。”比尔答道。

“他很微妙，就是这个样子，”袜子说，“你们瞧好了，今天吃早饭他会来得特别晚——就是为了气气我们。”

现在已经十二点多了，大家都觉得袜子的说法有道理。只有罗尼·德弗卢提出了异议。

“你们忘了，第一个闹钟响的时候我就在门外，不管格里决定采取什么办法应对，他的第一反应应该是大吃一惊。他应该被惊动才对。黑猩猩，你把第一个闹响的闹钟放在什么地方？”

“就在离他耳朵不远的一张小桌子上。”贝特曼先生答道。

“你想得真周到，黑猩猩。”罗尼恭维了一句。接着，他转向比尔问道：“如果大清早六点半，你听到耳朵边几英寸远的地方响起惊天动地的铃声，你会说什么？”

“噢，天哪！”比尔说道，“我会说……”他没有再说下去。

“你当然会，”罗尼说，“我也会这么说。每个人都会。这是正常反应。可是他却没有。所以我说呀，黑猩猩说得对——格里的鼓膜可能是有毛病。”

“现在十二点二十分了。”一个女孩子沮丧地说道。

“我看，”吉米缓缓地说道，“事情有点过头了，不是吗？玩笑归玩笑，但这样有点过分了。这会让库特夫妇感到难堪的。”

比尔盯着他。

“你想到了什么？”

“哦，”吉米答道，“不知道……这不像是格里的风格。”

他觉得只可意会，不可言传。他不想多说，但是，他发现罗尼正盯着自己。罗尼突然警觉起来。

正在这时，特雷德韦尔走进房间，他踌躇地四处看了看。

“贝特曼先生不在这里呀。”他抱歉地说道。

“他刚从这里出去了。”罗尼说，“有什么事要我做的吗？”

特雷德韦尔的目光从他身上移到了吉米·塞西杰身上，然后又看着罗尼。两人心领神会，跟着他走出房间。特雷德韦尔小心地把门关上。

“出什么事了？”罗尼问道。

“韦德先生还没有下来，先生。我就自作主张叫威廉斯到他房里瞧了瞧。”

“怎么啦？”

“威廉斯慌慌张张地跑下来，先生。”特雷德韦尔有意地顿了顿，“先生，恐怕那个可怜的年轻人一觉睡死了。”

吉米和罗尼瞪大了双眼。

“胡说！”罗尼终于喊了起来，“这……这不可能。格里……”他脸色倏然一变。“我……我自己去看看。威廉斯这个笨蛋肯定搞错了。”

特雷德韦尔一把拉住了他。吉米心头涌起一阵怪异的感觉，觉得这个管家已经把事情弄得一清二楚了。

“不，先生，威廉斯没弄错。我已经派人去请卡特赖特医生了，同时我也自作主张把房门锁上了，现在正准备通知奥斯瓦德爵士。我得去找贝特曼先生。”

特雷德韦尔匆匆离去。罗尼像个木头人似的站在那里。

“格里……”他喃喃自语。

吉米挽起他的朋友，带着他穿过一扇侧门，来到露台上一个偏僻的角落。吉米让他坐在一张椅子上。

“别紧张，老伙计，”他安慰道，“先歇一会儿。”

罗尼有点奇怪地看着他。吉米没想到罗尼跟韦德的交情会这么深。

“可怜的格里，”他若有所思地说道，“看上去多么健壮的一个人。”

罗尼点了点头。

“这个闹钟的玩笑开得太糟糕了。”吉米接着说道，“真奇怪，可不是吗？为什么闹剧常常跟悲剧扯在一起？”

吉米不着边际地说着话，好让罗尼缓过神来，但罗尼仍然坐立不安。

“我希望医生赶快来。我想知道……”

“知道什么？”

“他……是怎么死的。”

吉米抿了抿嘴。

“心脏病？”他随口猜道。

罗尼苦笑。

“听我说，罗尼。”吉米说道。

“嗯？”

吉米觉得很难再说什么。

“你该不会说……不会是在想……我是说，呃，不会是想他是被人打死的吧？特雷德韦尔把门给锁了，还叫了医生……”

吉米以为罗尼会搭腔，可是罗尼仍然直直地看着前面，一声不吭。

吉米摇了摇头，不再说什么。除了等待，他不知道还能做什么。

特雷德韦尔走过来，打破了沉默。

“医生在书房，想见见两位，请吧，先生们。”

罗尼一跃而起。吉米紧跟其后。

卡特赖特医生身材削瘦，一看就知道是个精力充沛、聪明能干的年轻人。他微微点了点头，向他们打了个招呼。在一旁的黑猩猩显得比往常更严肃，他为双方作了介绍。

“据我了解，韦德先生生前您是他的好朋友。”医生对罗尼说道。

“是他最好的朋友。”

“嗯。这件事看起来很清楚，不过也够可怜的。他很年轻，也很健康。您知不知道他有睡觉前吃点什么帮助睡眠的习惯？”

“帮助睡眠？”罗尼睁大了眼睛，“他一向都睡得很熟。”

“您从没听他抱怨说睡不着觉吗？”

“从来没有。”

“但事实是明摆着的。不过，恐怕还是要再调查一下。”

“他怎么死的？”

“没什么好怀疑的，我觉得是氯醛服用过量。他床边就有这东西，还有一只瓶子和一只杯子。太遗憾了，这种事情……”

罗尼双唇颤抖着，说不出话来。还是吉米开口把他心中的疑问提了出来。

“不会有什么……蹊跷吧？”

医生用锐利的目光看着他。

“您为什么问这个？有什么怀疑的理由吗？”

吉米看了看罗尼。如果罗尼有什么线索，该是说出来的时候了。

但是令他吃惊的是，罗尼摇了摇头。

“没有什么理由。”他回答得很清楚。

“那么是自杀？”

“当然不是。”

罗尼的回答很坚定，但医生不大相信。

“您知不知道他有其他什么麻烦？比如金钱？女人？”

罗尼再次摇了摇头。

“他的亲戚呢？得通知他们。”

“他有一个妹妹……应该说是同父异母的妹妹，住在迪恩小修道院，离这里大约二十英里。格里不在城里时就跟她住在一起。”

“哦，”医生说道，“呃，应该通知她。”

“我去吧，”罗尼说，“这不是什么好差事，但总得有人去。”他看了看吉米。“你认识她吧？”

“不是很熟。我跟她跳过一两次舞。”

“那么我们开你的车去。你不介意吧？我一个人应付不了。”

“没问题，”吉米向他保证说，“我正要这么说呢。我这就去把那辆破车发动起来。”

他很高兴自己有事可干。

但罗尼的态度令他困惑不已，他到底知道什么，或者在怀疑什么？为什么不跟医生说呢？

随后，两人坐进吉米的车子风驰而去，也不去理会什么限速的规矩了。

“吉米，”罗尼终于开口说道，“我想，你大概是我最好的朋友了——现在。”

“呃，”吉米说道，“那又怎么样？”

他嗓音粗哑地说道："有件事我想告诉你。一件你应该知道的事。"

"关于格里·韦德？"

"是的，关于格里·韦德。"

吉米等着罗尼的下文。

"是什么？"他最后忍不住问道。

"我不知道该不该说。"罗尼说道。

"为什么？"

"我答应了不说的。"

"噢，既然这样，还是不说的好。"

两人沉默了一会儿。

"不过，我想……吉米，你的脑子比我好。"

"那还用说。"吉米毫不客气地说道。

"不，我不能说。"罗尼突然说道。

"好吧，"吉米说，"随你便。"

长时间沉默之后，罗尼说道："她怎么样？"

"谁？"

"那个女孩，格里的妹妹。"

吉米沉默了几分钟，然后换了一种语气说道：

"她还好。实际上……呃，她很了不起的。"

"格里对她很有感情。他经常提起她。"

"她对格里也很有感情。这……这对她打击太大了。"

"是的，真不是什么好差事。"

之后，他们谁也没说话，直到抵达迪恩小修道院。

女仆告诉他们，洛兰小姐正在花园里。如果他们想见柯克太太倒是方便得很。

吉米赶忙说他们不是来找柯克太太的。

“柯克太太是谁？”当他们绕进那座有些荒芜的花园时，罗尼问道。

“跟洛兰小姐住一起的老太婆。”

他们走上一条铺着石子的小路。小路的尽头站着一个姑娘，手里牵着两条黑色长耳狗。这是一个娇小的女孩，皮肤非常白，身上穿着宽松的旧软呢衣服，一点也不像罗尼心中想象的样子。其实，她也不是吉米平常交往的那种女孩。

她拉住一条狗的项圈，迎了过来。

“你们好！”她说道，“千万不要怪罪伊丽莎白。它刚生了一窝狗崽，正是提防生人的时候。”

她的举止极为自然，当她抬头微笑时，双颊上淡玫瑰色的红晕更深了。她的眼睛是深蓝色的，就像矢车菊一般。

突然，她睁大了眼睛——是有了某种警觉吗？她好像猜中了他们的来意。

吉米连忙开口介绍：

“韦德小姐，这位是罗尼·德弗卢，您一定经常听格里提起他。”

“噢！是的。”她转过头，冲罗尼热情地一笑，表示欢迎。“你俩一定是从烟囱别墅来的吧？格里怎么没跟你们一起来？”

“呃……没办法来了。”罗尼说不下去了。

吉米又一次看到她眼中闪过一丝惊恐。

“韦德小姐，”他说道，“恐怕……我是说，我们有个坏消息要告诉您。”

她一下子紧张起来。

“格里？”

“是的……格里。他……”

她突然冲动地跺了跺脚。

“噢！告诉我……告诉我……”她突然转向罗尼，“你快告诉我。”

吉米内心掠过一丝嫉妒，这时他终于明白了一个自己迟迟不愿承认的事实：为什么海伦、南希和袜子对罗尼来说只不过是“女孩子”的原因。

模模糊糊地，他只听到罗尼鼓足勇气说道：

“韦德小姐，我要告诉您……格里死了。”

她显得很有勇气。她张大了嘴巴，但说不出话来，后退了一步，但一两分钟之后，她又急切地问了起来——怎么死的？是什么时候？

罗尼尽可能平静地回答了她的问题。

“安眠药？格里？”

很显然，她并不相信。吉米瞥了她一眼，近乎是警告。他突然觉得天真的洛兰可能话太多了。

轮到吉米时，他尽可能平静地解释有必要展开进一步的调查。她打了个哆嗦，不愿意跟他们一起回烟囱别墅，不过她解释说晚些时候会去。她有一辆双座跑车。

“我想……一个人静一静。”她近乎是在乞求。

“我能理解。”罗尼说道。

“好的，没关系。”吉米也答道。

他们看着她，虽然很尴尬，但又无能为力。

“谢谢你们过来告诉我。”

在回去的路上，他们都没有说话，好像彼此之间心存芥蒂。

“天哪！那姑娘真勇敢。”罗尼只说了一句。

吉米表示有同感。

“格里是我的朋友，”罗尼说道，“我有责任照顾她。”

“那是当然。”

他们不再说什么。

一回到烟囱别墅，吉米就被泪眼汪汪的库特夫人拦住了。

“可怜的孩子，”她不断地说着，“可怜的孩子。”

吉米想方设法来应付她。

库特夫人打开话匣子，向他细述她许多亡友的琐碎故事。吉米同情地听着，最后好不容易才脱身。

他轻快地跑上楼。罗尼正好从格里·韦德的房间里出来，见到吉米上来，他似乎吃了一惊。

“我刚进去看过，”他说，“你要进去吗？”

“还是不进去吧。”吉米答道。他是一个健康的年轻人，很自然对死亡非常反感。

“我觉得只要是朋友，都应该进去看看他。”

“是吗？”吉米应了一句，心想，罗尼·德弗卢是不是太大惊小怪了。

“没错，应该表示敬意。”

吉米叹了口气，屈服了。

“好吧。”他说着，走了进去，不自觉地咬紧了牙关。

床单上摆满了白色的鲜花，房间收拾得很整洁，有条不紊。

吉米紧张地瞄了一眼，那是一张静静的、没有血色的脸。这还是曾经双颊红润、可爱的格里·韦德吗——那一动也不动的躯体。他不禁哆嗦了一下。

当他转身要离开时，无意间看了一眼壁炉架，不禁惊愕地停住了脚步。所有的闹钟都整整齐齐地排成一排摆放在那里。

他快步走了出去，罗尼在外面等着他。

“他看上去很安详。真是糟透了。”吉米喃喃地说着，然后又问道，“对了，罗尼，谁把那些闹钟摆成那个样子的？”

“我怎么知道！大概是仆人吧，我想。”

“奇怪的是，”吉米接着说道，“上面只有七只，而不是八只闹钟。有一只不见了。你有没有注意到？”

罗尼含糊地应了一句。

“七只而不是八只，”吉米皱起了眉头，“为什么会这样？”

第四章 一封信

“一点也不考虑别人，我觉得就是这样。”凯特勒姆勋爵说道。

他轻声说着，语气中略带哀伤，好像为自己的这种说法感到沾沾自喜。

“没错，确实不顾及别人。我发现成功的人常常不会为别人着想。很可能这就是他们能够大笔敛财的原因吧。”

他那忧郁的目光扫视着这片祖辈们曾经拥有、如今被重新收回的土地。

他的女儿艾琳·布伦特小姐——在社交圈里大家管她叫“邦德尔”，笑出声来。

“您肯定敛了不少横财，”她冷冰冰地说道，“虽然为了这块地，您从老库特那儿搜刮了不少钱，不过您还不错。他长什么样？还过得去吧？”

“是一个大块头，”凯特勒姆勋爵身子微微一颤，说道，“一张红红的四方脸，铁灰色的头发，显得强壮有力。他属于锋芒毕露的那种人，给人的感觉就像是蒸汽压路机。”

“让人觉得很累吗？”邦德尔同情地说道。

“极累，他那副德行令人压抑，比如自我节制啦、守时啦。个性强的人和一本正经的政客，我不知道哪一种人更坏，但我宁可喜欢那些没什么能力却很快活的人。”

“但没什么能力却很快活的人是付不起您想要的高价的。”邦德尔提醒道。

凯特勒姆勋爵皱了皱眉头。

“你最好不要再用这个字眼了，邦德尔。我们有点跑题了。”

“我不明白您为什么这么敏感。”邦德尔说道，“人总是要死在某个地方的。”

“但他们没必要死在我的房子里。”凯特勒姆勋爵说道。

“有什么不可以。很多人都死在这里，数不清的祖辈。”

“那不一样，”凯特勒姆勋爵说，“我当然希望布伦特家族的人能在这里寿终正寝——虽然他们不算。但我不愿意陌生人死在我的地盘上。而且，我尤其反对验尸。这种事情很快就会让人觉得习以为常，已经是第二次了。你还记得四年前的那次大麻烦吗[①]？顺便说一句，这完全是乔治·洛马克斯的错。”

“现在您又在怪可怜的蒸汽压路机老库特了。但我肯定，他和其他人一样，也在为这件事恼火。”

“太不为别人着想了，”凯特勒姆勋爵仍然很固执，“做这种事的人就不应该留下来。你想怎么说都可以，邦德尔，但我不喜欢验尸。我从没验过尸，也永远不想被别人验尸。”

①这个故事参见阿加莎·克里斯蒂的另一部作品《烟囱别墅之谜》。

“好吧，这次和上次不一样，”邦德尔安慰道，“我是说，这次不是谋杀。”

“难说——你没看到那个笨蛋警官大惊小怪的样子吗？四年前的案子他根本没忘。他以为这里发生的每一起死亡事件，背后都有非正常因素，而且都有政治背景。你不知道他多么喜欢小题大做。我听特雷德韦尔说，凡是想得到的东西他们都做过检查，看有没有指纹。当然，他们只找到死者自己的指纹。这个案子再明白不过了……当然，是自杀还是意外，那倒是另一回事。”

“我见过格里·韦德一次，”邦德尔说，“他是比尔的朋友。您要是见过他，说不定会喜欢上他的。爸爸，我从没见过有谁比他更加庸碌，但却如此快乐。”

“凡是跑来死在我的房子里、故意让我恼火的人，我一概不喜欢。”凯特勒姆勋爵固执地说道。

“不过，我实在想不出有谁会谋害他。”邦德尔接着说道，“这种说法实在是太荒唐了。”

“当然荒唐，”凯特勒姆勋爵说道，“或许只有笨蛋警官拉格伦是个例外。”

“也许找到指纹会让他觉得自己了不起，”邦德尔安慰道，“不管怎么说，他们还是认为这是‘意外死亡’，是不是？”

凯特勒姆勋爵默认了。“他们得顾及那个妹妹的感受。”

“还有个妹妹？我怎么不知道。”

“应该是同父异母的吧。她比她哥哥小多了。当年老韦德跟她妈妈私奔——他就是那种人，除了有夫之妇，他不喜欢别的女人。”

“您总算没沾染上这个坏毛病，我真为您高兴。”邦德尔说道。

“我从来都是敬畏上帝、循规蹈矩的，”凯特勒姆勋爵说，“从来不做伤天害理的事情，但我怎么就不得清静呢？但愿……”

他还没说完，邦德尔就突然出去了。

“麦克唐纳！”邦德尔以干脆、专横的口气喊道。

那位君王走了过来。他原本想挤出欢迎的微笑，然而这个园丁身上长久以来保持的阴郁却又把它驱赶得无影无踪。

“小姐，您在叫我吗？”麦克唐纳说道。

“你还好吗？”邦德尔说。

“我很好。”麦克唐纳回答道。

“我想跟你谈谈滚球场的事。那里的草长得太高太乱了。你能找个人去清理一下吗？”

麦克唐纳暧昧地摇摇头。

“那得把威廉从那边叫过来了，小姐。”

“去你的吧，”邦德尔生气了，“叫他马上动手。还有，麦克唐纳……”

“还有事吗，小姐？”

“去摘些葡萄过来。我知道现在还不是时候，但我还是想要。明白吗？”

邦德尔又回到书房。

“抱歉，爸爸，”她说道，“我想教训一下麦克唐纳。刚才您说到哪儿了？”

“没什么，”凯特勒姆勋爵说道，“你跟麦克唐纳说什么了？”

“我就想治治他，别总以为自己是老大，怎么可能！我猜库特夫妇可能镇不住他。麦克唐纳才不会买这个有史以来最大的蒸汽压路机的账呢！库特夫人长什么样？”

凯特勒姆勋爵想了想才回答。

“在我看来，她很像西登斯夫人。”他开口说道，“说不定她平时很喜欢学习演戏。这次闹钟事件应该给她很大打击吧。”

“闹钟事件？”

“特雷德韦尔刚才告诉我了，好像这次来度假的人开了个玩笑。他们买了很多闹钟，藏在韦德先生的房间里。当然，这个可怜的年轻人死了，结果，整个玩笑变得糟糕透了。”

邦德尔点了点头。

“关于那些闹钟，特雷德韦尔还说了一些更古怪的事，”凯特勒姆勋爵似乎有点津津乐道，“这个可怜的年轻人死后，好像有人把闹钟收集起来，在壁炉架上排成了一排。”

“哦，这有什么不可以呢？”邦德尔反问道。

“我也看不出来有什么不可以。”凯特勒姆勋爵说道，“但显然有人说三道四。没有人承认这么做过。查问过所有的仆人，但他们都发誓说没碰过那些鬼东西。这倒真是个谜。验尸官在调查时提出过很多问题。你知道的，对他们这种人来说，要把事情讲清楚得费多大的劲。”

“太困难了。”邦德尔表示赞同。

“当然，”凯特勒姆勋爵说道，“事后想弄清楚真相确实很难。特雷德韦尔跟我说的事情，我一大半都听不懂。对了，邦德尔，那家伙是死在你房间里的。”

邦德尔扮了个苦相。

“为什么有人要死在我的房间里呢？”她有点生气地说。

“刚才我要说的就是这个，”凯特勒姆勋爵有点得意地说道，“从不替人家想想。这年头每个人都这样。”

“我才不在乎呢，”邦德尔勇敢地说道，“有必要吗？”

“我会在乎的，”她父亲说道，“非常在乎。说不定会做噩梦，梦见鬼怪的手或者叮当作响的铁链什么的。”

“唉，”邦德尔揶揄道，“太姑婆不就是死在您的床上吗？您是不是看到过她的阴魂老是纠缠您？”

“有时候的确看到过，”凯特勒姆勋爵打了个哆嗦，“尤其是在晚上提到她之后。”

“哦，谢天谢地，我还不迷信。”邦德尔说道。

但是那天晚上，当她披着睡衣坐在卧室的炉火前，看着火光映照出自己的瘦削身影时，思绪不禁回到了那个快活却庸碌的年轻人格里·韦德的身上。这么一个喜爱生活的人竟然会自杀，简直叫人难以相信。看来另一种说法是对的：他在服用安眠药时，不小心过量了，这是有可能的。她不相信格里·韦德会有什么精神压力以至于自杀。

目光移到壁炉架上，她想起了那些闹钟的传闻。

有关那些闹钟，她的女仆知道的可多了，还告诉了她另外一个细节——显然特雷德韦尔认为没有告诉凯特勒姆勋爵的必要，但这却引起了邦德尔的好奇。

七只闹钟整整齐齐地摆放在壁炉架上，另外一只却在窗外的草地上被找到了，显然是有人从窗户扔出去的。

邦德尔对此百思不得其解。有什么目的呢？似乎是多此一举。她能想象某个女仆把这些闹钟重新整理好了，不过她又被前来调查的警官吓坏了，结果矢口否认做过这样的事。但绝不可能有哪个女仆会把闹钟扔到花园里去。

会不会是格里自己被第一个闹钟吵醒之后扔出去的？不！这也不可能。邦德尔记得听人说过他是一大早死的，在死之前一定有一段时间处在昏迷之中。

邦德尔皱起了眉头。闹钟事件真是古怪。她必须找到比尔·埃弗斯利。他当时就在现场。

邦德尔是一个想到就会做到的人。她站起身来，走到写字台前。这是一张翻盖式书桌，翻开桌面，邦德尔抽出一张信纸写起来：

亲爱的比尔……

她停下笔，想把书桌下面的抽屉拉出来，拉了一半却被卡住了。邦德尔记得以前老是这样。

邦德尔不耐烦地拉了几下，但抽屉就是纹丝不动。她记得以前有一次是把一个信封推进去了，当时就卡住了。她取出一把薄薄的裁纸刀，把它插入细缝里。果然，一张纸的一角露了出来。邦德尔小心地抓住纸角，把它拉了出来。是一封信的第一页，已经有些皱了。

首先引起邦德尔注意的是信上的日期。几个大大的手写花体字映入眼帘：

九月二十一日

"九月二十一日，"邦德尔缓缓地说道，"啊，这不就是……"

她呆住了。没错。二十二日正是格里·韦德被发现死在床上的那天。那么，这封信一定是在悲剧发生的前一天晚上写的。

邦德尔把信纸铺平，开始读起来。信没有写完。

亲爱的洛兰，星期三我会过来。我身体很好，一切都很顺心。一想到就要见到你，我高兴极了。听着，跟你说的"七面钟"的事情，还是忘了吧。以前我觉得那多多少少是个玩笑，但不是，绝对不是，很抱歉我跟你说了这件事，但像你这样的女孩子是不应该被卷进来的。所以，还是把它忘了吧，好吗？

我还有别的一些事情要告诉你——但我太困了，眼睛都睁不开了。

哦，有关勒切尔，我想……

信写到这里就断了。

邦德尔皱起眉头。七面钟？这是什么地方？也许是伦敦的某个贫民窟吧，她想。七面钟这几个字勾起了她的回忆，但她一时也想不起来具体是什么。相反，信里面的两句话倒引起了她的注意："我身体很好"、"我太困了，眼睛都睁不开了"。

这说不过去呀，完全对不上。因为就在那天晚上，格里服用了大量的氯醛，结果再也没有醒来。如果他信上写的是实话，为什么又要服用安眠药呢？

邦德尔摇了摇头。她环顾四周，不禁哆嗦了一下。想想看，格里此时可能正看着她呢。他就死在这个房间……

她静静地坐着。周围一片寂静，只有她那只金色小钟发出的"滴答"声。这声音听起来格外响亮，也格外不自然。

邦德尔扫了一眼壁炉架。她眼前浮现出一幅鲜活的场景：死去的人躺在床上，壁炉架上摆放着七个闹钟，它们嘀嘀答答地响着……听上去很不吉利……滴答……滴答……

第五章　倒在路上的人

“爸爸，”邦德尔打开凯特勒姆勋爵书房的房门，探头进去说道，“我要开西斯巴诺进城去。我再也受不了这里的单调沉闷了。”

“可我们昨天才回来呀。”凯特勒姆勋爵抱怨道。

“我知道，不过就好像过了一百年似的。我都忘了乡下是多么无聊！”

“我倒不觉得，”凯特勒姆勋爵说，“这里很安静，乡下就是这样，舒服极了。有特雷德韦尔伺候，我简直无法形容自己有多快活。他考虑得无微不至。今天早上有人来问，是不是可以在这里组织一个女童子军——”

“是联谊会。”邦德尔打断了她父亲的话。

“都一样，只是字眼不同而已。但这让我很尴尬，不得不拒绝。也许我不应该拒绝的。好在特雷德韦尔帮我解了围，我不记得他是怎么说的了，反正说得很巧妙，既不伤别人，也很合我的心意。”

“但‘舒服’对我来说还不够，”邦德尔说道，“我需要刺激。”

凯特勒姆勋爵哆嗦了一下。

“四年前受的刺激还不够吗？”他几乎是在哀求了。

“我想要更多的刺激，”邦德尔说道，“倒不是说在城里就有刺激。但无论如何，我可不想待在这里打哈欠。”

“根据我的经验，”凯特勒姆勋爵回答道，“想惹麻烦的人一般会遇到麻烦。”他打了个哈欠。“不过，”他继续说道，“省得我自己到城里去了。”

“那好，我带您去，”邦德尔说，“不过要快点，我着急呢。”

凯特勒姆勋爵刚刚站起身，听到这话，又停住了。

“你说你急着走？”他狐疑地问道。

“急着呢！”邦德尔说。

“那好，”凯特勒姆勋爵说道，“我不去了。让你开西斯巴诺带着我赶路……才不，这对上了年纪的人不公平。我还是待在这里的好。”

“那就随您的便了。”邦德尔说完就转身走了。

特雷德韦尔又把头伸进来。

“老爷，牧师急着要见您，关于童子军的地位问题，有人有非议。”

凯特勒姆勋爵哼了一声。

“老爷，我好像听您说过，今天上午您打算到村子里去一趟，跟牧师谈谈这个问题。”

“你告诉他了？”凯特勒姆勋爵急忙问道。

“说过了，老爷。他赶忙就走了。希望我没做错，老爷？”

“当然没错，特雷德韦尔。你总是对的，只要你尽力，就不会办错事。”

特雷德韦尔温顺地微微一笑，转身走了。

与此同时，邦德尔正在大门口不耐烦地摁着汽车喇叭，一个小孩快速地从门房里冲了出来，跟在身后的母亲叫她小心车子。

“快点，凯蒂。大小姐又跟往常一样急得要命。”

匆匆忙忙是邦德尔的一贯作风，开车时尤其如此。她车技好，胆子又大，是个驾车好手；要不是这样，以她这种开车的风格，不知道要出多少事。

这是十月里的一个晴天，天空碧蓝碧蓝的，太阳亮得让人睁不开眼睛。空气中散发着浓郁的田野气息，令邦德尔双颊绯红，心中充满了对生活的热情。

那天早上，她已经把格里·韦德没写完的那封信寄给了他住在迪恩小修道院的妹妹洛兰·韦德，还补充了几句备注说明。在白天，那封信给她的古怪感觉不再那么强烈了，但她还是觉得这需要有个解释。她想找到比尔·埃弗斯利，要他说说那次以悲剧收场的聚会的详情。这是一个阳光明媚的上午，她感觉好极了，那辆西斯巴诺也跑得飞快。

邦德尔踩了一脚油门，西斯巴诺立刻就有了反应。一英里接一英里的公路被飞快地甩在身后，公路上车辆稀少，隔很远才见得到别的汽车，邦德尔的视野里总是一段长长的空旷道路。

但是，一个男子没有丝毫征兆地从路边的篱笆外冲上了公路，正好冲到了邦德尔的车前。及时刹车是不可能的了。邦德尔用尽全力猛打方向盘，西斯巴诺向右冲去，差点掉进了路旁的沟里。虽然极其危险，但好在成功了。邦德尔可以肯定没有碰到那个人。

她朝后看了一眼，有一种想呕吐的感觉。车子并没有从那个人身上碾过去，但想必还是把他挂倒了。那个男子脸朝下倒在路上，一动不动地趴在那里。

邦德尔赶忙跳出车子向后跑去。以前她顶多碾死过一只乱跑的母鸡，从没遇到什么严重的车祸。尽管这次车祸几乎不是她的责任，但此时她也顾不得了。那个男子似乎喝醉了，但是不管怎样，是她把他撞死了——她几乎肯定把他撞死了。她的心怦怦直跳，连自己都听得到。

她跪在那个人的身旁，战战兢兢地把他翻转过来。他既未呻吟也没说话。她发现这个人很年轻，眉清目秀，穿着也很考究，还留着一撮小胡子。

没有明显的伤痕，但她十分肯定他已经死了，或者就快要死了。他的眼皮微微颤动着，眼睛半睁，露出乞求和痛苦的神色，就像一只垂死的狗。他挣扎着似乎想说话。邦德尔俯下身来。

“什么？”她问道，“你想说什么？”

他的确想说什么，她看得出来，而且很想说出来。但她帮不上忙，只能干着急。

终于，他断断续续地说出了几个字，气若游丝：

“七面钟……告诉……”

“好，好的，”邦德尔急切地说。他正竭力想说出某个人的名字。“好，要我告诉谁？”

“告诉……吉米·塞西杰……”他终于说了出来，然后头突然往后一仰，身体瘫软下去。

邦德尔蹲在地上，浑身发抖。她从没想到这么可怕的事情会发生在自己身上。他死了——是她把他杀死了。

她强打精神。现在该怎么办呢？叫医生——这是她的第一个念头。或许……只是或许……这个人还没死，只是昏过去了。直觉告诉她这不可能，但她还是强迫自己这么想。不管怎样，先把他弄上车，送到最近的医院再说。这是一条偏僻的乡间公路，找不到人来帮忙。

邦德尔虽然苗条，却很结实，也很有力气。她先把西斯巴诺尽可能开近些，然后竭尽全力把那毫无生气的躯体拖进了车里。这真是一件可怕的差事，她咬紧牙关，但还是做到了。

然后，她跳进驾驶座，一阵风地把车开走了。开了几英里，她来到了一个小镇，问过路之后，很快就找到了诊所。

卡斯尔医生是一个和善的中年人，得知消息后他赶忙跑到急救室，发现一个姑娘在那里，显然已经到了崩溃的边缘。

邦德尔突然开口说道：

“我……我想我杀了个人。我撞倒他了。我用车把他送过来了。他就在外面。我……我开得太快了。我总是开快车。”

医生用职业的目光打量了她一眼。然后，他走到一个药架前，把什么东西倒进杯子里，再递给她。

“先把它喝了，”他说道，“你会感觉好一点，你受惊了。”

邦德尔顺从地喝了下去，惨白的脸上开始有了血色。医生满意地点了点头。

“这就对了。现在我要你安静地坐在这里。我这就去看看。要是我确定那个可怜的家伙没救了，我会再回来，我们再接着谈。”

他离开了一段时间。邦德尔看着壁炉架上的钟，五分钟，十分钟，十五分钟，二十分钟……他怎么还不回来？

门开了，卡斯尔医生走了进来。他的神情有了变化，邦德尔一眼就看出来了，比刚才更严峻，也更加警觉了。他的举止中还有一些她不太明白的东西，好像在刻意压抑遭受的某种刺激。

“好了，这位小姐，”他开口说道，“我们好好谈谈吧。你说你撞倒了这个人？告诉我车祸到底是怎么发生的？”

邦德尔尽可能详细地叙述了事情的经过。医生很认真地听着。

“就是说，汽车并没有直接从他身上碾过去？”

“没有。其实我以为已经避开他了。”

“你说他当时走路摇摇晃晃？”

“对，我以为他喝醉了。”

“而且他是从路边的篱笆外冲出来的？”

“那儿有个门，我想他一定是从门里出来的。”

医生点了点头，然后身子往后一仰，靠在椅背上，摘下了夹鼻眼镜。

“我毫不怀疑，”他说道，“你是个非常鲁莽的司机，也许总有一天你真的会撞上某个可怜的家伙，然后把他送过来……但是这一次你没有。”

“可是……”

“车根本没碰到他。这个人是被枪杀的。”

第六章 又是七面钟

邦德尔呆呆地看着医生。天翻地覆了差不多一个小时的世界，现在又慢慢地恢复了原状。过了将近两分钟，邦德尔才开口说话，但此时她不再是那个惊慌失措的女孩子了，她又变成了正常的邦德尔：冷静，干练，富有理智。

“他是怎么被枪杀的？”她问道。

“我怎么知道，”医生干巴巴地回答道，“但的确是这样，他身体里有颗来复枪子弹，而且是内出血，所以从外面看不出来。”

邦德尔点了点头。

“问题是，”医生接着说道，“是谁开的枪？你没注意到附近有人吗？”

邦德尔摇了摇头。

“这就奇怪了，”医生说道，“如果是意外，应该有人跑出来救他才对……除非开枪的人不知道打到了人。”

“附近没有一个人，”邦德尔说，“我是说，路上没有人。”

"依我看，"医生说道，"那个可怜的家伙一直在跑，就在他跑到篱笆门口时，被子弹打中了，结果他就摇摇晃晃地冲到路上。你没听见枪声？"

邦德尔摇了摇头。

"我可能根本就听不见，"她说，"汽车的声音太大了。"

"有可能。他死之前没说什么话吗？"

"他断断续续地吐出了几个字。"

"没说清是什么情况吗？"

"没有。他想要我转告他的一个朋友，但到底转告什么我也不清楚。啊，对了，他提到七面钟。"

"嗯，"卡斯尔医生应了一声，"他不像是附近一带的居民。或许开枪的人是从那里来的。好了，现在我们不必为这事操心了。交给我来处理吧，我会通知警察的。当然，你必须留下姓名和住址，警察肯定会找你问话的。其实，你最好现在就跟我到警察局去一趟。他们也许会说我应该把你留下来才对。"

他们坐上邦德尔的车，一起来到警察局。接待他们的是一个说话慢条斯理的警官。当他听到邦德尔的姓名和住址时，显得有些惊讶，然后非常仔细地记录下她说的每一句证词。

"肯定是那帮浑小子！"他说道，"就是这样。他们在练枪法！这帮无聊的蠢货！总是随便开枪打鸟，根本不考虑篱笆那边有没有人。"

医生觉得这种说法实在是太荒唐了，但转念一想，这个案子很快会有更能干的人来接手，所以也就没有提出异议。

"死者姓名？"警官一边问，一边用嘴舔着铅笔头。

"他身上有个名片夹，好像叫罗尼·德弗卢，住在奥尔巴尼。"

邦德尔皱起了眉头。罗尼·德弗卢这个名字让她想起了什么，她肯定听过这个名字。

直到开车回烟囱别墅的半路上，她才想起来死者是谁。没错！罗尼·德弗卢，就是比尔在外交部的朋友。他和比尔……对了……还有格里·韦德。

想到这里，邦德尔差点把车撞进路边的篱笆。先是格里·韦德，接着是罗尼·德弗卢。格里·韦德的死还有可能被说成是“不小心”，但罗尼·德弗卢之死显然含有更加可怕的成分。

然后，邦德尔又想起了别的什么。七面钟！当那个垂死的人说出这几个字时，她就觉得耳熟，现在她知道为什么了。格里·韦德在死之前的那个晚上给他妹妹写的最后一封信上就提到过。这又让她想起当初在读信时隐约浮现出的某件事。

邦德尔降低了车速，仔细琢磨着所有的事。车开得很慢，几乎没有人相信开车的会是她。她把车开进了车库，然后去找她的父亲。

凯特勒姆勋爵正饶有兴致地看着一份即将上市的善本名录，看到邦德尔进来，不禁大吃一惊。

“你这么快就从伦敦回来了？”

“我没去伦敦，”邦德尔答道，“我撞死了一个人。”

“什么？”

“其实没有撞到。他是被枪打死的。”

“怎么会？”

“我也不知道，但他真的是被枪打死的。”

“那你为什么要开枪？”

“我没有开枪。”

“你不该用枪打人，”凯特勒姆勋爵嗔怪道，“真的不应该。我敢说有些人活该挨枪子儿——但开枪总会惹上麻烦的。”

“我跟你说了我没有开枪。”

“哦，那又是谁呢？”

“谁知道呢。”邦德尔答道。

“胡说！”凯特勒姆勋爵说道，“没有人开枪，又没有被车碾过，那这个人怎么可能被枪杀，被撞死呢？”

“他并没有被车碾到。”邦德尔说。

“我以为你说他被车碾到了。”

“我是说我以为碾到他了。”

“那就是爆胎了，我猜，”凯特勒姆勋爵说道，“爆胎的声音很像是枪声，侦探小说里就是这么写的。”

“真是拿您没办法，爸爸。您的智商好像连兔子都不如。”

“才不是呢，”凯特勒姆勋爵反驳道，“你一进门就说有人被汽车撞到了，又说挨了子弹，简直是天方夜谭。我又不是神仙，哪能什么都懂。”

邦德尔无奈地叹了口气。

“听好了，”她说道，“我再明明白白地告诉您一次。”

“就是这样，”邦德尔详述了事情的经过，她接着说道，“现在您明白了吧？”

“当然，我全明白了。刚才你可能还没有平静下来，亲爱的，这我可以原谅。看来，你动身之前我对你说的可没错，想惹麻烦的人一般都会遇到麻烦。”说到这里，凯特勒姆勋爵不禁打了个哆嗦，“谢天谢地，我安安静静地待在这里，哪儿也没去。”

他又拿起了刚才在看的善本名录。

“爸爸，七面钟在什么地方？”

“我猜可能是在伦敦东区的某个地方吧。我常常看到有公共汽车往那里开……会不会是我搞错了？应该是‘七姐妹’？谢天谢地，我从没去过那里，而且我肯定不会喜欢那里。不过奇怪的是，最近我好像听人说起过这个地方。”

“您该不会认识一个叫吉米·塞西杰的人吧？”

凯特勒姆勋爵专注地看着面前的名录。在说到七面钟时他还算比较热心，但这一次，他似乎没多少兴趣了。

“塞西杰，”他含糊地低声说道，“塞西杰。是约克郡的吗？”

“我正要问您呢。认真点，爸爸，这很重要。”

凯特勒姆勋爵作出一副冥思苦想的样子，其实他根本就没上心。

“约克郡是有一些姓塞西杰的，”他认真地说道，“如果没搞错的话，德文郡也有一些姓塞西杰的。你的姑太塞莉娜就嫁给了一个姓塞西杰的。”

“这对我有什么用呢？”邦德尔几乎大叫起来。

凯特勒姆勋爵轻声笑道：

“如果我没记错的话，嫁给那个塞西杰对她也没什么用处。”

“真是拿您没办法。”邦德尔站起来，“我还是去找比尔吧。”

“去吧，亲爱的。”她父亲翻了一页名录，心不在焉地说道，“好的，当然，可不是嘛。”

邦德尔不耐烦地叹了口气，站起身来。

“要是我能记住信的内容就好了，”她像是喃喃自语地说道，“我没仔细读。好像提到了一个玩笑，说什么七面钟不是开玩笑。”

凯特勒姆勋爵突然抬起头来。

“七面钟？”他说，“对！我想起来了。”

“想起什么了？”

“我说怎么这么耳熟呢。乔治·洛马克斯来过了。特雷德韦尔只犯了这一次错，没挡住，让他进来了。他正准备去城里，好像下个星期他要参加双足飞龙教堂举行的什么政治性聚会，而且他收到了一封恐吓信。”

“您说的恐吓信是什么意思？”

“哦，我真的不清楚，他也没细说。我记得好像有‘小心点儿’、‘麻烦就在眼前’之类的话。无论如何，这封信肯定是从七面钟寄来的，我记得他是这么说的。他正打算进城报告苏格兰场呢。你认识乔治吗？”

邦德尔点了点头。她非常熟悉这位热心公共事务的内阁部长乔治·洛马克斯，他还是国王陛下跟前负责外交事务的终身助理。很多人对他敬而远之，因为他有个改不掉的老毛病，就是在私下聊天时常常喜欢引用自己在公开演讲时说过的话。因为他的那对眼睛鼓得厉害，所以包括比尔·埃弗斯利在内的许多人都管他叫“老鳕鱼”。

“那么，”她说道，“老鳕鱼对格里·韦德的死有兴趣吗？”

“这倒没听说过。当然，也有可能。”

邦德尔沉默了几分钟。她在努力回忆寄给洛兰·韦德的那封信的确切内容，同时在想象这个女孩子的长相。显然，格里·韦德对她有着深厚的感情，那么这样的一个女孩该是副什么模样？她越琢磨，就越觉得这封哥哥写给妹妹的信非同寻常。

“您说那个姓韦德的姑娘是格里同父异母的妹妹？”她冷不丁地问道。

“哦，当然，但严格来说，我想她不是……我是说，以前不是……根本就不是他的妹妹。”

“可她也姓韦德呀？”

“她并不是真的姓韦德。她不是老韦德的孩子。我说过了，老韦德和他的第二任妻子是私奔的，她原先的丈夫是个十足的恶棍。当时法庭把孩子的监护权判给了她的前夫，但显然他没有行使这项权利。老韦德非常喜欢这个孩子，坚持要孩子随自己的姓。”

“我明白了，”邦德尔说，“这就清楚了。”

“清楚什么了？”

“那封信上令我不解的地方。”

“我想她长得挺漂亮的，”凯特勒姆勋爵说道，“我听别人说的。”

邦德尔心事重重地上了楼。现在，她有几件事要做。首先，她必须找到吉米·塞西杰，或许比尔也能帮得上忙。罗尼·德弗卢是比尔的朋友，如果吉米·塞西杰是罗尼的朋友，那么比尔就有可能认识他。还有就是那个女孩洛兰·韦德。她有可能提供一些有关七面钟的线索。显然，格里·韦德跟她说过什么事。他急于要她忘掉，这本身就有点不祥的味道。

第七章 邦德尔造访

要找到比尔并不是什么难事。第二天早上邦德尔就驱车进城，这一次路上没有再遇到什么惊险状况。到了城里之后，她给比尔打了个电话。热情的比尔邀请她一起吃午饭和喝茶，再一起吃晚饭，然后跳舞，但都被邦德尔一一回绝了。

“过一两天我再来陪你吧，比尔。目前我有正事要办。”

“噢，”比尔说道，“真是太没劲了。”

“此事非同小可，”邦德尔说道，“一点也不无聊。比尔，你认识一个叫吉米·塞西杰的人吗？”

“当然，你也认识的。”

“哦，我不认识。”邦德尔说。

“你一定知道的。每个人都认识他。”

“抱歉，”邦德尔说道，“我真的不认识他。”

“不，你肯定见过他——脸红红的，看起来有点傻，不过，实际上他跟我一样很聪明。”

“别这么说，”邦德尔嘲讽道，“他走起路来一定会觉得头重脚轻吧。”

“你不是在挖苦吧？”

“算不上。吉米·塞西杰是做什么的？”

“你说这话什么意思？”

“你在外交部工作，该不会连本国语言都听不懂了吧？”

“噢，我明白了，你是问他有没有工作？没有，他一天到晚瞎混。他为什么要找事做呢？！”

“这么说，他的钱袋里装的东西比脑袋里装的还多？”

“这个不好说，我只是告诉你，他比你想象的要聪明得多。”

邦德尔没有搭腔。她心里越来越没底了。这个叫吉米的纨绔子弟似乎和她不是一路人，但那个垂死的人首先讲出的名字却是他。恰在此时，比尔的声音传了过来。

“罗尼一向觉得他的脑子好使。你该知道罗尼·德弗卢吧，塞西杰是他最好的朋友。”

“罗尼……”

邦德尔又住口了，她不知道是否应该说出来。显然，比尔还不知道罗尼已经死了。邦德尔现在才觉得奇怪，为什么报纸上没有报道罗尼死亡的消息呢？报纸应该不会错过这种抢眼新闻的。只有一个解释，那就是警方把消息封锁了。为什么呢？

比尔接着说道：“我很久没见到罗尼了……还是上次在你家度周末时见过。你知道的，可怜的格里·韦德就是在那次聚会时死的。”

他顿了顿，接着说道：“那个周末太糟糕了，你应该听说过了吧。邦德尔……还在吗？”

“在呀。”

“哦，你不说话，我还以为你挂了呢。”

“没有，我刚才在想事儿。”

该不该把罗尼死去的事告诉比尔？她决定先不说——电话里也说不清。但是她必须尽快和比尔见一次面。同时……

“比尔？”

“在。”

“明天晚上我和你一起吃晚饭吧。”

“好啊，吃好饭我们再跳舞。我有很多话要跟你说。老实说最近我倒霉透了……”

“明天再说吧，”邦德尔不客气地打断了他的话，“现在，先告诉我吉米·塞西杰的住址吧？”

“吉米·塞西杰？”

“没错。”

“他住在杰明街……应该是杰明街吧？”

“动动脑子吧……”

“对，是杰明街。你等等，我去查一下门牌号。”

比尔放下了电话。

“还在吗？”

“一直听着呢。”

“哦，电话线路一直不稳定。门牌号是一〇三号。记住了吗？”

“一〇三号，记住了。谢谢你，比尔。”

“没事。不过……你要这个干什么？你不是不认识他吗？”

“我是不认识他，但过半个小时我就认识了。”

“你要去他那儿？”

“对，福尔摩斯先生。”

“呃，他可能还没起床呢。”

“还没起床？”

“多半这样吧。如果没必要起床，谁愿意起来？你不知道，每天早上十一点我要到这里，苦死了。要是迟到了，老鳕鱼可凶得很。你是一点儿也不知道，邦德尔，这种日子简直不是人过的……”

“你还是明天晚上再跟我说吧。”邦德尔赶忙说道。

她挂了电话，思忖了一下。她先看了看时间，现在是差二十五分十二点。虽然比尔熟悉他朋友的起居习惯，但她还是相信塞西杰先生现在能够会客了。她叫了一辆出租车，直奔杰明街一〇三号。

开门的是一位貌似深居简出的先生。他面无表情但彬彬有礼，一副伦敦那一带很常见的面孔。

“这边请，小姐。”

他把她引上楼，来到一间布置得极为舒适的宽敞客厅，里面摆放着铺有真皮的宽大椅子。已经有一个女孩坐在那里，她比邦德尔年轻，身材娇小，皮肤白皙，穿着一件黑色衣服。

“我该怎么称呼您，小姐？”

“名字不重要，”邦德尔答道，“我只是想见见塞西杰先生，有重要的事情。”

这位面色凝重的先生鞠了个躬，退了下去，在外面轻手轻脚地把门带上了。

客厅一下子静了下来。

“上午天气不错。”女孩子怯生生地说道。

“相当不错。”邦德尔表示赞同。

客厅里又陷入沉默。

“我是今天早上从乡下开车过来的，”邦德尔寻思着找了个话题，

“我还以为今天又有大雾呢，还好没有。”

“是啊，没有起雾。”那个姑娘说道，接着又补充了一句，“我也是从乡下来的。”

邦德尔仔细地打量起她来。有另外一个人在场，令她有些不适应。邦德尔属于开门见山、单刀直入的那种人，她觉得先要把局外人支走才好谈正事，何况她要谈的事情不适合陌生人在场。

正细细打量着，突然，她脑子里冒出一个奇怪的念头。不会是她吧？

对啊，这个女孩穿着丧服，脚踝上还缠着黑布。尽管不一定那么巧，但邦德尔还是深信自己没错。她深深地吸了一口气。

“请问，”她开口说道，“您不会是洛兰·韦德吧？”

洛兰的眼睛一下子睁大了。

“没错，我就是。您猜得真准。我们以前见过吗？”

邦德尔摇了摇头。

“不过，我昨天给您写了封信。我是邦德尔·布伦特。”

“谢谢您费心把格里的信寄给我，”洛兰说道，“我已经给您回信了。真没想到会在这里见到您。”

“我告诉您我来这里的原因，”邦德尔说道，“您认识罗尼·德弗卢吗？”

洛兰点了点头。

“罗尼那天去找我……后来他又来过两三次。他是格里最要好的朋友。”

“我知道。不过……他死了。”

洛兰吃惊地张大了嘴巴。

“死了！可他看上去很精神呀。”

邦德尔一五一十地向她叙述了前一天发生的事情。洛兰的脸上浮现出惊恐的表情。

“那么是真的了……是真的了。”

“什么是真的？”

“这几个星期我一直在想这个问题，格里死得太不正常了。他是被谋杀的。”

“你是这样想的？”

“对。格里从来不吃什么药物帮助睡眠。”她惨然一笑，“他的睡眠质量好得很，根本不需要安眠药。我一直觉得这件事很蹊跷。他也是这么想的，我知道。”

“谁也这么想的？”

“罗尼。现在又发生了这种事，他又被杀了。”她顿了顿，接着说道，“我今天就是为这事来的。我读了你寄给我的信之后，就想找罗尼，但他们说他不在，所以我就想来找吉米……吉米也是罗尼的好朋友。也许他会告诉我该怎么做。”

“你是说……”邦德尔顿了顿，“关于七面钟？”

洛兰点了点头。

“你知道……”

她话音未落，吉米·塞西杰就走了进来。

第八章 吉米的访客

我们必须回到大约二十分钟之前。吉米 · 塞西杰迷迷糊糊地从睡梦中醒来，听到一个熟悉的声音在对他讲一些不熟悉的事情。

他仍然睡意甚浓，虽然努力想思考一下到底是怎么回事，但打了个哈欠之后，翻身又准备接着入睡。

“先生，有位年轻的女士想见您。”

这句话就像说不完一样，不断地重复着。迫于无奈，吉米 · 塞西杰只好睁开眼睛，眨了眨。

“啊，是史蒂文斯吗？”他说道，“你再说一遍。”

“先生，有位年轻的女士想见您。”

“哦！”吉米想搞清楚是怎么回事，“有什么事吗？”

“我说不上来，先生。”

“嗯，我想也是，”他想了想，“我想你也是说不上来。”

史蒂文斯猛地一下子抓起了床边的一只托盘。

“我去给您换点茶来，先生。这个凉了。”

“你觉得我应该起床……呃……去见那位女士？”

史蒂文斯没有回答，不过他的背挺得直直的，吉米看出了他的意思。

“好吧，”他说，“我还是去见见吧。她叫什么？”

“她没说，先生。”

“嗯，该不是我的姑妈杰迈玛吧？如果是她，我可就完了。”

“那位女士不可能是别人的姑妈，先生。除非大家庭里有很小的小孩。”

“啊哈！”吉米说道，“年轻又可爱。她……她长什么样？”

“是一位年轻女士，无疑很有教养。”史蒂文斯用法语说出了“有教养”三个字。

“不错啊，”吉米亲切地说道，“你的法语发音非常好，史蒂文斯，比我强多了。”

“不胜荣幸，先生。最近我在学习函授法语。”

“真的？你真了不起，史蒂文斯。”

史蒂文斯得意地笑了笑，然后离开了房间。吉米躺在床上，试图猜出会是哪个年轻可爱、举止文雅的女孩来找他。

史蒂文斯端着新泡的茶又进来了。吉米呷了一口，舒服极了。

“史蒂文斯，我希望你已经给了她报纸之类的吧。”他说道。

“我给了她《晨报》和《笨拙》杂志，先生。”

这时门铃响了，史蒂文斯走了出去。几分钟之后，他又回到房间。

“又是一位年轻的女士，先生。”

“什么？”

吉米挠了挠头。

“又是一位年轻的女士，她不愿说自己的名字，先生，但是说事情很重要。”

吉米睁大眼睛盯着他。

“太奇怪了，史蒂文斯，真是太奇怪了。对了，昨天晚上我是几点回来的？”

“快凌晨五点了，先生。”

“当时……呃……当时我怎么样？”

“有点儿兴奋，先生……没什么别的了，还唱着《大不列颠颂》。”

“太奇怪了，”吉米说道，“《大不列颠颂》？没喝醉酒我会唱这首歌？一定是……呃……多喝了几杯，激发了我的爱国热情。我记得在‘芥未和水芹’酒吧畅饮了一阵子。听起来这个地方不太正经，但其实不是，史蒂文斯。”

他顿了顿，接着说道：“我在想……”

“想什么，先生？”

“我在想，我是不是在那种状态下在报纸上登了个广告，要招聘看孩子的保姆之类的。”

史蒂文斯咳了几声。

“同时来两个女孩，真奇怪。看来以后我要避开那家酒吧了。避开……这个词不错，史蒂文斯，上次我在做填字游戏时碰到的，当时我就觉得是个好词。”

吉米一边说着一边收拾，十分钟之后，他就准备好要去见这两位不速之客了。他打开客厅的门，首先看到的是一个皮肤微黑、身材苗条的姑娘。他完全不认识。她靠着壁炉台。然后，他的目光移到铺着真皮的宽大扶手椅上，他的心猛地一跳。是洛兰！

洛兰首先站起来，略带紧张地说道：

“你肯定没想到我会来吧。但我不得不来，待会儿我会解释的。这位是艾琳·布伦特小姐。”

“邦德尔……人家都这样叫我。你可能听比尔·埃弗斯利提到过我。”

“噢，是的，他当然说起过你，”吉米忙不迭地回应道，“来，坐，坐！我们喝点鸡尾酒什么的吧。”

两个女孩都谢绝了。

“抱歉，”吉米接着说道，“我才起床。”

“比尔说得没错，”邦德尔说道，“我跟他说我要找你，他说你准没起床呢。”

“但我现在不是起来了吗？”吉米摆出很精神的样子。

“我们来是为了格里的事，”洛兰说到，“还有罗尼……”

“还有罗尼？什么意思？”

“他昨天被人开枪打死了。”

“什么？”吉米大叫道。

邦德尔又把事情的经过说了一遍。吉米神情恍惚地听着，就好像还在做梦。

“罗尼被枪杀了，”他喃喃自语，“这到底是怎么回事？”

他坐在椅子边上，想了一两分钟，然后平静地说道：

“有件事情我该告诉你们。”

“什么事？”邦德尔一下子提起了精神。

“就在格里·韦德死的那天，我们去给你报信的路上，”他冲洛兰点了点头，“罗尼在车上跟我说了些事。准确地说，是他想要告诉我一些事。他开了个头，但又说他答应别人不说的。”

“答应了别人？”洛兰若有所思地说道。

“他是这么说的。当然，我没有强迫他说出来，但那天他一直怪怪的，太怪了。我觉得他在怀疑什么。原本我以为他会告诉医生的，可是他没有，连一点暗示都没有。所以，也有可能是我弄错了。后来经过调查，证明这个案子实在是太清楚了，看来当初我的怀疑是没有根据的。”

“但你认为罗尼仍有所怀疑？”邦德尔问道。

吉米点了点头。

“我现在就是这么想的。为什么从那以后我们都没有再见到他？我相信他是一个人在暗自调查，想搞清楚格里的真正死因；而且，我相信他有所发现，所以那帮浑蛋才杀人灭口。临死他想传话给我，但只能说出几个字。”

“七面钟。”邦德尔微微哆嗦了一下。

“七面钟。”吉米表情严肃地说道，“无论如何，我们可以从这里入手。”

邦德尔转向洛兰：

“你刚才要告诉我……”

“哦，对了。先是这封信。”她对吉米说道，“格里留下了一封信。艾琳小姐……”

“叫我邦德尔吧。”

“是邦德尔发现的。”洛兰三言两语地叙述了事情的经过。

吉米饶有兴味地听着。他还是第一次听说有这封信。洛兰从包里取出信递给他。他读了一遍，然后看着洛兰。

“这下你可以帮上忙了……格里想要你忘了什么？”

洛兰困惑地皱起了眉头。

“现在要准确回忆太难了。有一次我拆错了信，不小心把写给格里的信拆开了。信纸的材质很差，而且我记得字迹很潦草。信纸的上头印有七面钟的字样。当我发现不是我的信之后，就把它装回信封了，看都没看。”

“你确定吗？”吉米很温柔地问道。

洛兰第一次笑了笑。

“我知道你在想什么，我承认女人是有好奇心。不过，那封信看起来没什么意思，全是一些名字和日期。”

“名字和日期。”吉米若有所思地说道。

“格里好像不怎么在意，”洛兰接着说道，“他笑了，问我有没有听说过黑手党，然后说要是有个像黑手党的组织在英国出现，那就怪了，这种秘密组织并不合英国人的脾气。‘我们的罪犯，’他说，‘太缺少想象力。’”

吉米吹了声口哨。

“我开始明白了，”他说道，“七面钟一定是某个秘密组织的总部。就像他在信上说的，一开始他以为只是个玩笑，但后来他发现不是——他在信里也这样说过了。还有，他急着要你忘掉这件事。这只有一个解释，如果那个组织怀疑你察觉了他们的活动，你也会遇到危险。格里意识到了这一点，所以对你很担心。”

他停了停，然后平静地接着说道：

“如果我们追查下去，我们也会遇到危险。”

“如果……”邦德尔有些生气了。

“我是说你们两位，我就不同了。我是罗尼的老朋友。”他看着邦德尔，“你已经尽力了，也已经把他的话带给我了。不，看在上帝的分儿上，你和洛兰别再卷进来了。”

邦德尔用探询的目光看着另一个姑娘。她已经下定了决心，但没有当场表露出来。她不希望把洛兰·韦德推入危险的境地。

但洛兰娇小的脸上立刻现出了愤慨的神情。

“你居然这么说！你以为我会撒手不管吗？他们杀害了格里，我亲爱的格里，这世上最好的、最亲的、最善良的哥哥。他是我唯一的亲人！”

吉米不安地清了清喉咙。他心想，洛兰真是了不起，很不简单。

“听我说，”他尴尬地说道，“你千万别这么说，哪有什么孤苦伶仃一个人在世上这种糊涂话。你有很多朋友，他们都乐于帮忙。你明白我的意思吗？”

洛兰似乎听出了弦外之音，她的脸一下子变得绯红。为了掩饰内心的慌乱，她紧张地说道：

“那就这么定了，我会尽力的。谁也不能阻止我。”

“当然，我也会的。”邦德尔附和道。

她们一起看着吉米。

“好，”他缓缓地说道，“就这么办。”

她们用探询的目光看着他。

“我刚才在想，”吉米说道，“我们该从哪儿入手呢？”

第九章 计划

吉米的提问立刻使谈话变得实际起来。

“总体来看，”他说道，“我们没有多少线索。事实上，我们只知道‘七面钟’这几个字而已，连它在哪儿都不知道。不管怎样，我们总不能把这片地区挨家挨户地检查一遍吧。”

“有什么不可以？”邦德尔反问道。

“好吧。也许可以做到，但我并不像你那么肯定。这一带居民很多，而且这种做法不够微妙。”

“微妙”这两个字让他想起了那个叫袜子的女孩，他不由得笑了。

“当然，还有罗尼被枪击的地方，我们也可以去仔细查看。但是警方有可能都做过了，而且会做得比我们好。”

“我欣赏你的，”邦德尔讽刺地说，“就是你豁达乐观的性格。”

“别理她，吉米，”洛兰柔声说道，“说下去。”

“耐心点儿，”吉米对邦德尔说道，“最好的侦探都是这样办案的，先排除不必要的和毫无用处的调查。现在我来说说第三个方案，就是格里之死。现在我们都知道这是一次谋杀。对了，你们都相信是谋杀吧？”

“没错。”洛兰和邦德尔异口同声地回答道。

“很好，我也这么看。依我说，我们还有一点点希望。如果氯醛不是格里自己带来的，那么一定有人溜进他的房间，把它溶化在水杯里，等格里醒来，再把它喝下去。当然，那个人还会把空药盒或空药瓶扔在那里。这种说法你们同意吗？”

“是……的，”邦德尔迟疑地说道，“可是……”

“等一下。下毒的人当时肯定在烟囱别墅，不太可能是外面的人干的。”

“对，”邦德尔表示赞同，这一次说得比较干脆。

“很好。现在范围就小多了。首先，我想大部分仆人都是那儿的老仆人吧？我是说你都很熟悉吧？”

“是的，”邦德尔说道，“其实我们把房子租出去时，所有的仆人都留下来了。主要的仆人现在都还在，当然，也会有一些变动。”

“非常好，人员变动名单正是我想要的。你……”他对邦德尔说道，“必须仔细查一下，看看新来的仆人是什么时候来的……比如听差的。”

“有一个听差是新来的，他叫约翰。”

“好，去盘问一下，还有其他新来的人。”

“我想，”邦德尔慢条斯理地说道，“一定是某个仆人干的，不可能是客人吧？”

“这个倒说不准。”

“当时还有谁在？”

“有三个女孩子，南希、海伦和袜子……”

“袜子，达文特里？我认识她。”

“可能是她吧——老是喜欢说‘情况很微妙’的女孩。”

“那肯定是她。‘微妙’这个词是她的口头禅。”

“还有格里·韦德、比尔·埃弗斯利和罗尼。当然，还有奥斯瓦德爵士和库特夫人。噢！还有黑猩猩。”

“黑猩猩是谁？”

“一个叫贝特曼的家伙，是老库特的秘书。这家伙一本正经的，做事认真负责。以前，我和他是同学。”

“好像没什么可怀疑的。”洛兰说道。

“是啊，好像没有，”邦德尔说道，“像你说的，我们得在仆人中间找。对了，你觉得扔到窗外的那面钟跟这件事情有没有关系？”

“扔到窗外的钟？”吉米睁大了眼睛。他头一次听说此事。

“我看不出有什么关系，”邦德尔说，“不过多少有点奇怪。没道理呀。”

“我记得，”吉米慢吞吞地说道，“我进去……去看可怜的格里，那些闹钟都摆放在壁炉架上。我当时留心了一下，记得只有七只……不是八只。”

他突然一阵战栗，抱歉地解释道：

“抱歉。不知为什么，那些闹钟总是让我不寒而栗。有时我会梦见它们，我讨厌走进那间黑漆漆的房间，看见摆放成一排的那些闹钟。”

“如果房间很暗，你不可能看到它们，”邦德尔很实际地说道，“除非它们有发光的钟面……噢！”她倒吸口凉气，脸涨得通红，“还不明白吗？七面钟！”

他们俩疑惑地看着她，但她越发坚定地说道：

“肯定是！不可能是巧合。”

大家都没有说话。

“也许你是对的，”吉米·塞西杰终于开口说道，“这太奇怪了。”

邦德尔急切地问道：

“那些闹钟是谁买的？”

“我们一起。”

“谁想到要买的？”

“我们一起。”

“不可能，肯定有人先想到的。”

“事情不是那样的。开始我们在议论怎么样让格里起床，黑猩猩说用闹钟，但有人说一个不够，然后又有人说……大概是比尔·埃弗斯利……说可以买上一打，然后大家都说是个好主意，就马上去买了。我们每个人买了一个，又替黑猩猩和库特夫人分别买了一个……只是想大方一下，事先大家并没有什么计划……就是这样。”

邦德尔没有答话，但显然没有被说服。

吉米开始对情况进行梳理。

“有些事实我们可以确定。首先，有一个类似黑手党的秘密组织，格里·韦德了解到这个情况，但刚开始时他觉得是个玩笑……或者认为很荒唐，并不相信它有什么危险。可是后来发生的事让他相信了，然后他开始认真对待。我猜想他肯定透露给了罗尼·德弗卢。不管怎样，他死后罗尼起了疑心，而罗尼自己也肯定是因为知道得太多，才同样遭到谋杀。糟糕的是，我们一无所知，只能摸索，我们不知道他们俩掌握了什么情况。”

“说不定这对我们反而有利，”洛兰冷静地说道，“他们不会怀疑我们，所以也就不会对我们下手。”

“如果真是这样倒好了，”吉米忧心忡忡地说道，“洛兰，格里也希望你不要卷进来。你能不能……”

“不，不可能，”洛兰打断了他的话，“别再说这个了，这只会浪费时间。”

一提到时间，吉米抬头看了看钟。他惊讶地叫了一声，起身打开房门。

“史蒂文斯。”

“有什么吩咐，先生？”

“弄点吃的吧，史蒂文斯，能安排一下吗？”

“我早料到了，先生。我太太已经准备好了。”

“他这个人真不错，”吉米转身回来，松了一口气说道，“有头脑，你们明白的，全靠头脑。他还在上函授课呢。有时我都在想是不是要学一学。”

“别傻了。”洛兰说道。

史蒂文斯端来了精致的午餐，煎蛋卷之后是鹌鹑和蛋奶酥。

“为什么单身男人这么快活？”洛兰伤感地说道，“难道被男人照顾比被我们女人照顾要好得多？”

“噢，哪儿能呢，”吉米说道，“他们并非你说的那样。怎么可能呢！我常常想……”

他支支吾吾地打住了话头。洛兰的脸又红了。

突然，邦德尔大叫了一声，他们俩都吓了一跳。

“白痴，”邦德尔说道，“傻瓜！我是说我自己。我竟把这事给忘了。”

“什么事？”

“你们认识老鳕鱼吗？就是乔治·洛马克斯……”

“我经常听比尔和罗尼说起。”吉米答道。

“是这样，老鳕鱼下个星期要举办一个晚会……而他收到了七面钟的恐吓信。”

“什么？”吉米把身子靠过来，激动地说道，“真的吗？”

“是真的，他跟我爸爸说起过。你们觉得背后有什么文章？”

吉米身子往后一靠，脑子飞快地转动着。思索了一番之后，他开口说道：

“晚会上会出事。”话很短，但一语中的。

“我也这么想。”邦德尔附和道。

“全对上了。”吉米如梦呓一般说道。

他转身面对洛兰。

“战争发生时你多大？”他的问题出人意料。

“九岁……不，八岁。”

“至于格里，我想他那时大概二十岁。这个年龄的小伙子大多数去打仗了，但格里却没去。”

“对。”洛兰想了一会儿说道，“没有，格里没去当兵，我也不知道为什么。”

“我知道，”吉米说道，“至少我猜得八九不离十。一九一五年至一九一八年间他不在英国。我费了好大的劲才发现的。似乎没有人知道他到底去了哪里，我猜他在德国。”

洛兰双颊泛起了红晕。她钦佩地看着吉米。

“你真聪明。”

“他德语说得很好，不是吗？”

“噢，是的，就跟德国人一样。”

“我肯定没猜错。你们俩听着，格里·韦德在外交部工作，表面上看他很和善，也不聪明，有点像比尔·埃弗斯利和罗尼·德弗卢，是个可有可无的闲人……请原谅我用词不当，不过你们懂我的意思……但实际上他和他们完全不同。我觉得格里·韦德是个人物。我们的秘密情报机构被认为是世界一流的，而格里·韦德肯定在里面身居要职。这就说明了一切！我记得当时在烟囱别墅时，我还说过格里绝非像看上去那么傻。”

“那又怎样呢？”邦德尔的提问很实际。

“那么情况就比我们想象的还严重。七面钟就不仅仅是个犯罪组织了，而是一个国际性的犯罪组织。有一点可以肯定，有人会在洛马克斯的晚会上露面。”

邦德尔做了个不易察觉的鬼脸。

“我很了解乔治……可是他不喜欢我。他绝对不会请我参加严肃的聚会。不过，我可以……”

她沉思了片刻。

“你是在想我可不可以通过比尔想想办法？”吉米问道，“他一定会参加，他是老鳕鱼的助手，可能会带我去。”

“我看可以，”邦德尔说道，“你得先帮比尔想个好借口，他自己根本想不出来。”

“你有什么建议？”吉米谦逊地问道。

“噢，很简单。可以叫比尔把你说成是有钱的花花公子，对政治很有兴趣，急于进入政界。乔治一听就会上钩。这些政党就是这个样子：眼睛总盯着既有钱又年轻的新人。比尔把你说得越有钱，事情就越好办。”

“只要不把我说成是罗斯柴尔德[①]就行，其他我不介意。”吉米调侃道。

“那就这么说定了。明天晚上我和比尔一起吃饭，我会想法子搞到

①罗斯柴尔德家族是欧洲乃至世界久负盛名的金融家族，号称欧洲“第六帝国”。

参加晚会的人员名单，应该用得上。”

“很遗憾你无法到场，”吉米说道，“不过总体来说还算圆满。”

“我也不一定去不了，”邦德尔说道，“虽然老鳕鱼讨厌我，但还有其他法子。”

她陷入了沉思。

“那我呢？”洛兰轻声温柔地问道。

“你不参加这次行动，”吉米立刻答道，“明白吗？好歹我们得有个人在外头……呃……”

“在外头干什么？”洛兰问道。

吉米决定换一种方式。他转向邦德尔说道：

“听我说，洛兰必须置身事外，对吧？”

“当然，最好是这样。”

“下次吧。”吉米安慰道。

“如果没有下次呢？”洛兰说道。

“哦，会有的，毫无疑问。”

“我明白了，我只要回家……等着。”

“就是嘛，”吉米如释重负地说道，“我就知道你讲道理。”

“你想，”邦德尔解释道，“我们三个人都进去会引起别人怀疑，尤其是你。你明白的，对吧？”

“噢，是的。”洛兰说道。

“那就这么定了。你什么也不用做。”吉米说道。

“我什么也不做。”洛兰顺从地答应。

邦德尔狐疑地看着她，她的顺从似乎很不自然。洛兰也对视着她，蓝色的眼睛里充满了诚实。当她们的目光相遇时，洛兰连睫毛都没动一下。但邦德尔还是不满意，她觉得洛兰·韦德的顺从非常可疑。

第十章 邦德尔探访苏格兰场

需要立即指出的是，在前面的交谈中，每个人都有所保留。“没有人会吐露一切”确实是一句至理名言。

比如说，洛兰 · 韦德向吉米 · 塞西杰求助的动机真的那么真诚吗？

同样，对乔治 · 洛马克斯即将举办的晚会，吉米 · 塞西杰还有许多想法和计划，但他无意透露给别人——比如说邦德尔。

而邦德尔呢，她也有一个成熟的计划打算付诸实施，可是她却提都不提。

离开吉米 · 塞西杰的住所，邦德尔驱车前往苏格兰场，要见巴特尔警司。

巴特尔警司是个大块头。他承办的几乎都是需要慎重处理的政治性案件。四年前，他就到烟囱别墅办过一个同样性质的案子。邦德尔希望他还记得这件事。

等了一会儿，有人带着她穿过几条走廊，来到了巴特尔警司的私人办公室。巴特尔外表壮实、呆板，看起来和“精明”这个词没有一点关系，更像是个看门的而不是侦探。

邦德尔进来时，他正站在窗前，面无表情地注视着一群麻雀。

“下午好，艾琳小姐。”他打了个招呼，“请坐。”

“谢谢！”邦德尔说道，“我还担心您不记得我了。”

“见过的人我总是记得，”巴特尔说道，“在工作中见到过的。”他又加了一句。

“哦。”邦德尔有点沮丧地说道。

“有什么需要我效劳的吗？”警司问道。

邦德尔开门见山地说道：

“我一直听人说你们苏格兰场有伦敦所有秘密组织的名单。”

“我们只是尽量跟上时代而已。”巴特尔警司谨慎地说道。

“我想他们大部分并不真的很危险吧？”

“对此我们有很好的判断标准，”巴特尔说道，“他们说得越多，就做得越少。你会惊讶这个标准有多管用。”

“我还听说你们常常对他们不闻不问？”

巴特尔点了点头。

“不错。一个人自称是自由兄弟会成员，并且每个星期和其他成员聚会两次，一起议论流血事件，这又有什么不可以的呢？这既不会伤害他自己也不会伤害别人。何况，一旦有麻烦，我们随时都知道该怎么对付。”

“但有的时候，我想，”邦德尔慢悠悠地说道，“有的秘密组织可能比想象中的还要危险得多，对吧？”

“不太可能。”巴特尔答道。

“但还是有可能吧。”邦德尔坚持道。

“噢，那倒也是。”警司承认道。

有一阵子，两人都没有说话。之后，邦德尔轻声地说道：

“巴特尔警司，您能不能给我一份总部在七面钟的秘密组织名单？”

邦德尔清楚地发现，城府很深的巴特尔警司的眼皮跳动了一下，像是吃了一惊，但很快，他又恢复了往日的呆板。他开口说道：

“严格来说，艾琳小姐，现在并没有七面钟这个地方了。”

“没有了吗？”

“没有了。那个地方大部分都拆迁重建了。以前那里曾经是一个贫民区，但现在是有身份的上层人士的居住区了。没有任何秘密组织存在。”

“哦。”邦德尔有些发窘。

“不过，我还是很想知道你为什么对那个地区感兴趣，艾琳小姐？”

“一定得告诉您吗？”

“这样可以免掉不少麻烦，不是吗？我们知道自己在谈些什么，没错吧？”

邦德尔犹豫了一下。

“昨天有个人被枪杀了，”她吞吞吐吐地说道，“我还以为是我开车撞死了他……”

“罗尼 · 德弗卢先生？”

“您当然知道这件事。为什么报纸上什么都没说？”

“你真想知道，艾琳小姐？”

“是的，请告诉我。”

“哦，我们只是想有一天时间不受干扰……懂了吗？明天就会见报的。”

“噢。”邦德尔困惑地审视着他。

那张不动声色的面孔背后到底隐藏着什么秘密？他认为罗尼 · 德

弗卢枪杀案是一桩普通的案子，还是非同寻常呢?

“他临死前提到了七面钟。”邦德尔慢吞吞地说道。

“谢谢，”巴特尔说道，“我会记下来。”

他在面前的纸上写下了几个字。

邦德尔决定换一种方式。

“据我所知，洛马克斯先生昨天来找过您，有关一封恐吓信。”

“他是来过。”

“那封信也是七面钟寄来的?”

“信头上有七面钟的字样，没错。”

邦德尔觉得自己在对牛弹琴，对方不愿吐露任何信息。

“我想给你一个忠告，艾琳小姐……”

“我知道您要说什么。”

“如果是我，我就回家待着，并且……不再想这些事情。”

“把这件事交给您，对不对?”

“是的，”巴特尔警司说道，“毕竟我们是专业的。”

“而我只是个业余的?没错，可您忘了一点……也许我缺乏您的知识和技巧……但我有一个优势，因为我在暗处。”

警司好像有点吃惊，这句话似乎打动了他。

“当然，”邦德尔说道，“如果您不愿意给我秘密组织的名单……”

“噢，我可没这么说。我会全部给你的。”

他走到门口，探出头去对某个人说了什么，然后又回到椅子上。邦德尔有些挫败感。这么轻易就得到了想要的东西，不会吧?此刻，警司正平静地看着她。

“您还记得格里·韦德先生怎么死的吧?”她突然问道。

“在你家，对吗?服用了过量的安眠药。”

“但他妹妹说他从来不吃安眠药。”

“哦！”警司答道，“如果你知道做妹妹的还有很多事情不知情，你肯定会吃惊的。”

邦德尔再一次迷惑不解。她不再说话，默默地坐着，直到有人进来把一张印有字的纸条递给警司。

“给你，”等那人走了之后，警司说道，“圣·塞巴斯蒂安兄弟会、狼犬会、和平同志会、同志俱乐部、被压迫者同盟、莫斯科之子、红标志、鲱鱼会、堕落者联盟……还有另外六七个。”

他把纸条递给她，眼睛里闪烁着光芒。

“您给我这个，”邦德尔说道，“是因为您知道它对我毫无用处，对吧？您真的不想我插手吗？”

“我当然希望你不要卷进来，”巴特尔说道，“你看，如果你去这些地方，会给我们惹很大的麻烦。”

“您的意思是要照顾我？”

“对，要照顾你，艾琳小姐。”

邦德尔已经站起了身，犹豫不决，到目前为止，还是巴特尔警司占据了主动。这时她忽然想起了一件小事，她想靠这个最后做一次努力。

“刚才我说了，业余侦探可以做一些专业侦探做不到的事，您也没有否认。您是一个诚实的人，巴特尔警司，您知道我是对的。”

“说下去。”巴特尔飞快地说道。

“在烟囱别墅的时候，您允许我帮忙，现在您能不能也让我帮忙？”

巴特尔没有答话，像是在掂量这个建议。邦德尔鼓起勇气接着说道：

“您知道我的为人，巴特尔警司。我喜欢到处打听，好管闲事。我不想给您添麻烦，也不会介入您可以做得更好的事，但如果可以给业余者一个机会的话，请把它让给我。”

巴特尔还是没有答话。过了一会儿，他静静地说道：

“你说得非常中肯，艾琳小姐。不过我想提醒你，你的建议相当危险，我说危险，是指它的确危险。”

“我明白，”邦德尔答道，“我不是傻瓜。”

“当然，”巴特尔警司说道，“我从没遇到过比你更聪明的年轻小姐。艾琳小姐，我只能给你一个小小的暗示，之所以这样，是因为我从不信守‘安全第一’这样的鬼话。要我看，担心被公交车撞的人最好是被撞了，然后被抬到一边去，那就安全了。这样的人不值一提。”

如此豪迈的话从循规蹈矩的巴特尔警司嘴里说出来，着实令邦德尔大吃一惊。

“您要给我什么暗示呢？”她终于问道。

“你认识埃弗斯利先生吧？”

“比尔？当然认识，但是这和……”

“我想比尔能告诉你有关七面钟的一切。”

“比尔？比尔知道？”

“我可没这样说，根本没有。不过我想，像你这么机智的女孩子，一定能从他那里得到想要的一切。现在，”巴特尔警司十分坚决地说道，“能说的我都说了。”

第十一章 与比尔共进晚餐

第二天，邦德尔满心期待地赶赴比尔的约会。

比尔兴高采烈地迎接了她。

“比尔还真不错，”邦德尔心想，“就像一条大笨狗，见到你就高兴地摇尾巴。”

这条大狗絮絮叨叨地说着：

“你看起来气色好极了，邦德尔。我简直无法形容见到你我有多高兴。我点了牡蛎……你喜欢吃牡蛎，对吧？你怎么样？在国外待了那么久都干了些什么？玩得还开心吧？”

“才没有，”邦德尔答道，“无聊死了。就看到一些老弱病残的军官在晒太阳，到图书馆去或者上教堂，碰到的也尽是些干瘪的老处女。”

“要是把英国交给我的话，”比尔说道，“我就禁止这些外国玩意儿……除了瑞士。瑞士还不错，我打算今年到瑞士过圣诞节，跟我一起去怎么样？”

“我考虑一下吧，”邦德尔接着随口问道，“最近怎么样，比尔？”

邦德尔这么问纯粹是出于礼貌，也想由此引出自己的话题，没想到比尔一直等的就是这句话。

“我正要跟你说呢。你真聪明，邦德尔，我想听听你的建议。你知道那出音乐剧《瞎了你的眼睛》吗？”

“知道。”

“那好，我要跟你说一个你怎么也想象不到的最龌龊的八卦。天哪！那个剧团，有一个女孩，一个美国人，绝色美女……”

邦德尔的心直往下沉。一说起那些女朋友的事，比尔总是没完没了，可以一直说下去。

“她的名字叫芭比·圣·摩尔……”

“怎么取这么个名字？”邦德尔挖苦道。

比尔老老实实地答道：

“是根据《名人辞典》取的，她看都没看，随手翻到某页的某个地方，就把名字定下来了。很有趣，是吧？她的真名是戈尔德斯密特或者是亚伯拉米尔……难得听到这么怪的名字吧。”

“嗯，是的。”邦德尔表示同意。

“芭比·圣·摩尔聪明伶俐，而且身手矫健，她是那八个搭人梯的女孩子中的一个……”

“比尔，”邦德尔绝望地说道，“昨天上午我见到了吉米·塞西杰。”

“哦，挺好的。”比尔说道，“就像我刚才说的，芭比相当聪明。这年头不聪明可不行。她捉弄过许多戏剧圈里的人。芭比经常说，要想生存，就得专横。说真的，她可是个好人。她很能演，演得真是棒极了。在《瞎了你的眼睛》中她的戏不多，只是挤在一大群漂亮姑娘当中罢了。我问她为什么不试试正统的舞台剧……比如《坦里克夫人》……可芭比只是笑了笑……”

“你见过吉米吗？”

“今天早上见过。让我想想，刚才我说到哪儿了？哦，对了，我还没说吵架的事呢。说真的，完全是嫉妒，恶意的嫉妒。吵架的那个女孩远没有芭比漂亮，她自己也知道，所以她就背地里……”

邦德尔无可奈何，只好听比尔把话说完。比尔唠唠叨叨地叙述着芭比·圣·摩尔遭遇的各种倒霉事，一直讲到最终无法出演《瞎了你的眼睛》——这花了很长一段时间。等到比尔停下来同情地喘了一口气时，邦德尔开口说道：

“你说得没错，比尔。真的很卑劣，肯定是嫉妒惹的祸……”

“整个演艺圈都被嫉妒搞坏了。”

“绝对是。吉米有没有跟你说过下星期要去双足飞龙教堂的事？”

比尔这才注意听邦德尔说话。

“他跟我说了一大堆废话，要我去骗骗老鳕鱼。什么要为保守党效力之类的话。但是你知道，邦德尔，这太危险了。”

“骗？”邦德尔说道，“如果乔治发现是他在背后搞鬼，他就不会怪你了。你也不过是被他骗了，仅此而已。”

“没这么简单，”比尔答道，“我的意思是，这对吉米来说太危险了。他还没搞清楚是怎么回事，就会被拖到西图廷之类的地方去亲吻婴儿，发表演说。你不知道老鳕鱼有多么一丝不苟，而且有多么精力充沛。”

“好吧，但我必须冒这个险，”邦德尔说道，“吉米会照顾好自己的。”

“你真的不了解老鳕鱼。”比尔又强调了一次。

“晚会有哪些人参加，比尔？有没有什么特殊人物？”

“同往常一样，都是些讨厌的家伙。麦卡塔夫人是一位。”

“那个议员？”

“是的，就是总为争取福利、纯净牛奶和拯救儿童而义愤填膺的那个。想想要是可怜的吉米和她搭上话会怎么样。”

“别去管吉米。还有哪些人？”

“还有就是那个匈牙利人。他们管她叫年轻的匈牙利人，这位伯爵夫人的名字不太好念。她还算可以。”

他咽了一口口水，有点发窘。邦德尔注意到他在紧张地捏着面包。

“年轻美貌？”她故意问道。

“嗯，很漂亮。”

“乔治好像不在意女士的容貌。”

“对，他是不在意。她在布达佩斯做婴儿食品一类的生意。当然，她会跟麦卡塔夫人一起去。”

“还有谁？”

“斯坦利·迪格比爵士……”

“航空部长？”

“是的，还有他的秘书特伦斯·奥罗克。对了，他是个愣头愣脑的小伙子，或者说他在当飞行员的时候是这个样子。还有一个德国佬，名叫赫尔·埃伯哈德，这个人实在令人讨厌。我不知道他的来历，但大家都围着他转。我有两次被指派带他出去吃午饭，说真的，邦德尔，这不是开玩笑，他不像使馆的那些家伙那么温文尔雅。这家伙喝起汤来直出声，还用刀子吃豌豆。还不只有这些，最让人受不了的是他咬指甲……肯定是在咬指甲。”

“太恶心了。”

“可不是吗！我猜他是搞发明的吧。差不多就是这些人。噢，我差点忘了，还有奥斯瓦德·库特爵士。”

“还有库特夫人？”

“是，我想她也会来。”

邦德尔思索了几分钟。比尔给出的名单有一定的参考价值，但她现在还来不及细细琢磨，她必须着手下一个问题。

“比尔，”她问道，“这些和七面钟有关系吗？”

比尔马上显得极为尴尬。他眨了眨眼睛，避开了她的目光。

“你这话是什么意思？”他说道。

“别装了，”邦德尔驳斥道，“有人跟我说你全都知道。”

“知道什么呢？”

比尔在装糊涂。于是邦德尔话锋一转。

“何必遮遮掩掩呢？”她抱怨道。

“没有遮掩呀。现在没人再去那儿了，只不过是一时的狂热罢了。”

比尔的回答令人不解。

“我只离开一会儿就落伍了。”邦德尔伤心地说道。

“噢，你并没有落伍，”比尔安慰道，“大家去那儿只是为了吹嘘自己去过那儿。其实非常无聊的，而且，天哪，你会讨厌煎鱼的。”

“你说的那儿是什么地方？”

“当然是七面钟俱乐部啦，”比尔睁大了眼睛反问道，“你问的不是这个？”

“我不知道它的名字。”邦德尔回答道。

“以前是托特纳姆法院路上的一个贫民窟，现在被拆除清理掉了。不过七面钟俱乐部还是保留了原有的风格，有煎鱼和炸薯条，总体上很脏，有点像伦敦东区贫民窟的杂耍场，看完表演到那里去倒是挺方便的。”

“是一家夜总会吗？”邦德尔说道，“有跳舞啊什么的？”

“对。人很多很杂，不是什么高档场所。有一些搞艺术的，还有形形色色的古怪女人，也有一些像我们这样的人会过去。他们个个口舌如簧，但我认为说的尽是些空话，只是为了那个地方能够存在下去罢了。”

“听上去不错，”邦德尔说道，“那今天晚上我们就去那儿吧。”

“噢，你不能去，”比尔答道。他的脸上又露出了尴尬的神情。“我说过那里已经不时兴了，现在没人去了。”

“那我们去呗。”

“你不会喜欢那里的，邦德尔。真的不会喜欢的。”

“那你就只带我去七面钟俱乐部，别的哪儿也不去，比尔。我很想知道你为什么不情愿？”

“我？不情愿？”

“非常不情愿。不会有什么见不得人的秘密吧？”

“见不得人的秘密？”

“别重复我的话。你是在拖延时间。”

“我没有，”比尔有点生气了，“只是……”

“怎么啦？我就知道有名堂。你从来就不善于掩饰。”

“我有什么好掩饰的？只是……”

“只是什么？”

“只是说来话长……有一天晚上我带芭比·圣·摩尔去那儿……”

“噢！又是芭比·圣·摩尔。”

“不可以吗？”

“我不知道跟她有关……”邦德尔说道，硬是忍住了没打哈欠。

“我带芭比·圣·摩尔去那儿，她挺喜欢龙虾的，于是我买了一只夹在胳膊下……”

比尔絮絮叨叨地讲下去——当比尔说到那只龙虾最后在他和一个不起眼的局外人的争斗中弄得四分五裂时，邦德尔才把注意力转回到他的身上。

“我明白了，”她说，“你跟别人打了一架。”

“是的，那可是我的龙虾呀。我花钱买的。我完全有权……”

“噢，你有，你有权，”邦德尔赶忙说道，“不过我相信你已经把这件事给忘了，而且，我也不喜欢龙虾。所以，我们还是去吧。”

“我们可能会遇到警察。那里的楼上有个房间，他们在那里用巴卡拉纸牌赌钱。”

“大不了叫我爸爸把我保释出来就是了。走吧，比尔。”

比尔仍然不太情愿，但邦德尔执意要去，最后他们还是叫了一辆出租车，朝目的地疾驰而去。

到达之后，邦德尔发现这个地方跟自己想象的相差无几。这是一幢位于一条狭窄街道上的高房子，门牌号是汉斯坦街十四号。她记下了这个门牌号码。

开门的是一个男子。令邦德尔奇怪的是，这个人的面孔竟有些眼熟。她觉得这个人在见到她时也略微有些吃惊，但他依然恭恭敬敬地跟比尔打了个招呼。这个人身材高大，金色头发，脸色苍白，脸庞削瘦，看上去有点贼眉鼠眼。邦德尔寻思着以前可能在什么地方见过他。

此刻比尔已经恢复了镇定，欣然当起了向导。地下室里有很多人在跳舞，乌烟瘴气，看东西都像隔了一层薄薄的蓝色烟雾，到处弥漫着煎鱼的味道。

墙上挂着一些炭笔素描，其中几幅还颇显绘画者的功力。里面的人三教九流，有肥胖的外国人和犹太富婆，偶尔看到几个真正漂亮的姑娘，还有一些从事这个世界上最古老职业的女郎。

比尔领着邦德尔上了楼。那个气色不太好的男人担任守卫，警惕地监视着获准进入赌博室的每个人。突然，邦德尔认出他了。

“就是他，”她说道，“我真蠢，是阿尔弗雷德，以前是烟囱别墅的二等听差。你好吗，阿尔弗雷德？”

“很好，谢谢您，小姐。”

“你是什么时候离开烟囱别墅的，阿尔弗雷德？我们回来之前就离开了吗？”

“有一个月了吧，小姐。我遇到了一个改善的机会，不抓住实在是太可惜了。”

“这里的待遇大概很好吧？”邦德尔说道。

“很好，小姐。”

邦德尔走进房间。在她看来，这个房间才真正体现了俱乐部的活力。赌注都很大，她马上就发现了这一点，而且，围坐在两张赌桌旁的都是真正的赌棍：像鹰隼一样的眼神，面色憔悴，血液里沸腾着对赌博的狂热。

邦德尔和比尔在房间待了大约半小时，比尔开始有些不安起来。

“我们走吧，邦德尔，跳舞去。”

邦德尔同意了。这儿没什么好看的。他们来到楼下，跳了半小时的舞，吃了些煎鱼和炸薯条，然后邦德尔说她打算回家了。

“别，时候还早呢。”比尔反对道。

“已经不早了。真的有点晚了。何况明天我还有很多事要做呢。”

“什么事呀？”

“看情况再说了，”邦德尔神秘兮兮地说道，“不过我可以告诉你，比尔，我不会闲得让脚底下长出青草来的。”

“绝对不会。”埃弗斯利先生说道。

第十二章 烟囱别墅的调查

邦德尔的性格绝非来自她父亲的遗传，她父亲不喜欢动，平易近人。而邦德尔呢，她从来不会闲得让脚底下长出青草来。

在陪比尔一起吃晚饭后的第二天早上，邦德尔一觉醒来，觉得浑身上下都充满了力气。在这一天里，她有三个完全不同的计划要去执行，而且在时间和地点上都有一些吃紧。

好在她不像格里·韦德、罗尼·德弗卢和吉米·塞西杰一样喜欢赖床，在早起方面，就连奥斯瓦德·库特爵士也挑不出毛病。八点三十分刚过，邦德尔就已经吃好了早饭，钻进她那辆西斯巴诺，一溜烟地赶往烟囱别墅。

父亲见到她似乎很高兴。

“你总是神出鬼没，”他说道，“倒也省得我打电话了，我讨厌打电话。昨天梅尔罗斯上校来过，是验尸的事情。”

梅尔罗斯上校是郡警察局长，凯特勒姆勋爵的老朋友。

“你是说针对罗尼·德弗卢的验尸？什么时候？”

“明天中午十二点。梅尔罗斯会来找你。是你发现尸体的，你得作证。不过他说你没必要惊慌。”

“我为什么要惊慌？”

“哦，你知道的，”凯特勒姆勋爵有些歉意地说道，“梅尔罗斯有些古板。”

“十二点，”邦德尔说道，“好的。如果我还活着，我会在这里等他。”

“凭什么说你不会活着？”

“谁知道呢，”邦德尔答道，“现代生活的压力……就像报纸上说的。”

“这倒让我想起了乔治·洛马克斯，他要我下个星期到双足飞龙教堂去。当然，我已经回绝了。”

“还是不去的好，”邦德尔说道，“我们可不想让你卷进稀奇古怪的事情。”

“会有怪事发生吗？”凯特勒姆勋爵一下子提起了兴趣。

“哦……就是恐吓信之类的。”邦德尔说道。

“难道乔治会被暗杀？”凯特勒姆勋爵充满期待地说道，“你说呢，邦德尔？说不定我还是去一下比较好。”

“别那么残忍了，老老实实待在家里吧，”邦德尔说道，“我要去跟豪厄尔夫人谈谈。”

豪厄尔夫人是烟囱别墅的女管家，就是那个外表高贵、喜欢哑着嗓子叫唤、令库特夫人打心眼儿里害怕的女人。但她却不会让邦德尔害怕，其实她总是尊称她“邦德尔小姐”。打邦德尔还是个两腿长长的顽皮小女孩时就是这样，那时她的父亲还没继承爵位。

“嗨，豪厄尔，”邦德尔说道，“一起去喝杯浓可可吧，再跟我说说家里面的新鲜事儿。”

没费多少工夫，邦德尔就搜罗到了她想要的东西，并且在脑子里记下了大概——

两个新来的女帮厨，都是乡下女孩，好像不怎么称职。第三个新来的打扫屋子的女仆是管事女仆的侄女，似乎没什么问题。豪厄尔好像常常欺负可怜的库特夫人，她绝对做得出来。

“我从没想到烟囱别墅会有陌生人住进来，邦德尔小姐。”

“噢！人必须顺应潮流，”邦德尔答道，“要是你永远看不到这里被改建成娱乐场所，那你才算走运呢，豪厄尔。”

保守的豪厄尔脊背一凉，打了个哆嗦。

“我还没见过奥斯瓦德·库特爵士。”邦德尔说道。

“奥斯瓦德爵士无疑是个聪明人。”豪厄尔冷冷地答道。

邦德尔心想，看来奥斯瓦德爵士不是很受仆人们的欢迎。

“当然，负责打点的是贝特曼先生，”女管家接着说道，“非常能干的先生。真的很能干，什么事情都办得很好。”

邦德尔谈题一转，开始说起格里·韦德的死来。豪厄尔夫人更是求之不得，口若悬河地说起来，语气中充满了同情。但邦德尔并没有搜罗到有价值的东西，很快她就辞别豪厄尔夫人下楼去了，然后立刻按铃把特雷德韦尔召来。

“特雷德韦尔，阿尔弗雷德是什么时候走的？”

“大概有一个月了吧，小姐。”

“他为什么要走？”

“他自己想走的，小姐。我想他到伦敦去了。我对他并没有什么不满。我想，您会对新来的听差约翰满意的，他相当称职，而且乐于表现。”

“他从什么地方来的？”

“他的推荐人很可靠，小姐。先前他在蒙特 · 弗农勋爵家干活。”

“哦，是这样。”邦德尔若有所思地答道。

她想起了蒙特 · 弗农勋爵此刻正在东非狩猎旅行。

“他姓什么，特雷德韦尔？”

“姓包尔，小姐。”

特雷德韦尔待了一两分钟，见邦德尔问完了，便轻手轻脚地离开了房间。邦德尔仍然在沉思。

回到烟囱别墅的那天是约翰开的门，她曾暗暗地打量过他。约翰看上去是个无可挑剔的听差，训练有素，低调不张扬。也许他比大多数听差更有军人的味道，后脑勺的样子也有点儿怪。

但邦德尔明白，这些细节跟眼下的情况扯不上边。她坐在那儿，愁眉不展地盯着面前的吸墨纸，手里拿着一支铅笔，在上面漫无目的地划着“包尔”这个名字。

突然，她脑子里闪过一个念头。她停住了笔，凝视着刚才写过的名字。然后，她又一次召来特雷德韦尔。

“特雷德韦尔，‘包尔’这个姓是怎么拼的？”

“B—A—U—E—R，小姐。”

“这不是英国人的姓。”

“我猜他有瑞士血统，小姐。”

“噢！没你的事儿了，特雷德韦尔，谢谢你。”

瑞士血统？不，是德国血统！瞧那副军人的架势，扁平的后脑勺，还有，在格里 · 韦德死前两周才来到烟囱别墅。

邦德尔站起身来。在这里能做的她都做了，现在该进行下一步了！她去找父亲。

“我又要走了，”她说道，“我要去看看玛西亚伯母。”

“去看玛西亚？”凯特勒姆勋爵惊讶地问道，“可怜的孩子，为什么你非要去自讨没趣呢？”

“就这一次，”邦德尔答道，“我正好要去办点事。”

凯特勒姆勋爵吃惊地看着她，搞不懂竟然有人想去见他那位令人望而生畏的嫂子。玛西亚·凯特勒姆侯爵夫人是他哥哥亨利的遗孀，个性鲜明。凯特勒姆勋爵承认，她确实是亨利的贤内助，要不是她，亨利不可能当上外交大臣。但从另一方面来说，他总是认为亨利的早逝对他来说是一大解脱。

在他看来，邦德尔这次简直是羊入虎口，太蠢了。

“噢！听我的，”他说道，“别去了。你不知道会出什么事呢。”

“我知道，”邦德尔安慰道，“没事的，爸爸，您不用为我担心。”

凯特勒姆勋爵叹了口气，在椅子上扭了扭身子，让自己坐得更舒服些。他又开始细细品读手上的《赛场》杂志来。可是没过多久，邦德尔又把头探了进来。

“对不起，”她说到，“还有一件事我想问问，奥斯瓦德·库特爵士是干什么的？”

“我不是说过了吗，蒸汽压路机。”

“我不是问你对他的印象。我想知道他是怎么赚钱的，做裤子钮扣，还是什么别的？”

“哦，我明白了。他是搞钢铁的，有一家全英国最大的钢铁厂，或者类似什么的，随便你怎么说吧。当然，他现在用不着亲自打理了。是一家公司，也许是好几家。他请我当了个董事，或者类似的职位，对我来说相当不错，什么事也不用做，大家每年到城里的大饭店去一两次，景隆街或利物浦街，围坐在一张摆放着考究文具的桌子旁，然后听库特或者哪个精明的家伙发表一通演讲，里面尽是数字。不过，好在听不听都无所谓，而且我告诉你，开完会常常还有一顿丰盛的午餐。”

邦德尔对凯特勒姆勋爵说的午餐并不感兴趣，没等他说完，她就走开了。在回伦敦的路上，她琢磨着怎么把搜集到的所有信息串联起来。

目前看来，钢铁和婴儿福利似乎扯不上边。那么，其中必定有一个是幌子，想必是后者了。麦卡塔夫人和那个年轻的匈牙利伯爵夫人就可以排除了，她们只是被用来掩人耳目的。对了，整件事的关键似乎是那个不起眼的赫尔 · 埃伯哈德先生。他不像是乔治 · 洛马克斯会邀请的那类人。比尔含含糊糊说过他是搞发明的。还有就是航空部长和做钢铁生意的奥斯瓦德 · 库特爵士。这些人凑在一起必有原因。

再猜下去也不会有什么结果，所以邦德尔索性不再想了，专心思考起即将与凯特勒姆侯爵夫人的见面。

侯爵夫人住在伦敦上流社区一幢幽暗的大房子里，里面弥漫着火漆、鸟食和花朵略微腐败的气息。凯特勒姆侯爵夫人是一个身材臃肿的女人，身上无论什么地方都硕大无比。她的体态不仅仅是丰满，简直可以用巨大来形容了。她长着一个硕大的鹰钩鼻，戴着一副金边夹鼻眼镜，嘴唇上面的汗毛浓密得让人怀疑是不是长了一撇小胡子。

见到侄女，她有些惊讶，但脸上还是冷冰冰的。邦德尔得体地亲了她一下。

“真是少见呀，艾琳。”她冷冷地说。

“我们刚回来，玛西亚伯母。”

“我知道。你父亲好吗？还是跟以前一样？”

她的语气带着轻蔑，对第九任凯特勒姆勋爵阿拉斯泰尔 · 爱德华·布伦特没有丝毫好感。如果她听说过“可怜虫”这个词，一定会这么称呼他的。

“爸爸很好，他现在在烟囱别墅。”

“哦。艾琳，你知道的，我一向不赞成把烟囱别墅租出去。从很多方面来说，那儿就是一个历史纪念碑，不该让它掉价。”

“亨利伯伯在世的时候它一定很风光。”邦德尔微微叹了口气。

“亨利明白自己的责任。”亨利的遗孀说道。

“想想到那里的客人，”邦德尔出神地说道，“全是欧洲的政要。”

凯特勒姆侯爵夫人叹了口气。

“凭良心说，那儿不止一次创造了历史，”她感慨道，“要是你父亲……”

她伤心地摇了摇头。

“我爸爸厌倦了政治，”邦德尔说道，“不过我倒觉得政治是一门令人着迷的学问，尤其是对知晓其中内幕的人来说。”

她说这番话完全是言不由衷，但却丝毫没有脸红。玛西亚伯母有点吃惊地看着她。

“很高兴听你这么说，”她说道，“艾琳，我总以为你除了及时行乐之外，对其他的都漠不关心。”

“以前是这样的。”邦德尔答道。

“你还年轻，这不错，”凯特勒姆侯爵夫人若有所思地说道，“凭你的优点，如果你嫁对了人，就有可能成为当今政坛最重要的女政治家。”

邦德尔吓了一跳。有那么一会儿，她甚至担心这位伯母马上就会给她找一位合适的丈夫来。

“但我觉得自己太笨了，”邦德尔说道，“什么都不懂。”

“这个容易，”凯特勒姆侯爵夫人爽快地说道，“我有一些资料，你可以拿去看看。”

“谢谢您，玛西亚伯母。”邦德尔说道，接着她又发起了第二轮进攻。

“不知道您认不认识麦卡塔夫人？”

“当然认识。她是一位值得尊重的女性，出类拔萃。我一般不赞同女性加入议会，她们可以用女性的方式来发挥影响力。”她顿了顿，毫无疑问在回忆以往的岁月。她就是采用女性的方式把不情愿的丈夫推入政坛，然后共同努力取得了巨大的成功。

“不过时代不同了，麦卡塔夫人做的是能够影响全国的大事，而且对所有的女性都有价值。可以这么说，这才是真正的女人的工作。你一定要见见麦卡塔夫人。”

邦德尔有点沮丧地叹了口气。

“下个星期她会参加乔治·洛马克斯举办的家庭晚会。乔治邀请了爸爸，但是爸爸当然是不会去的。可他从没想过邀请我，大概是觉得我太无知了吧。”

凯特勒姆侯爵夫人忽然觉得她的侄女有了惊人的进步。是不是经历了一次失恋？在凯特勒姆侯爵夫人看来，失恋对年轻姑娘往往很有益，可以令她们更严肃地对待生活。

“大概乔治·洛马克斯还没想到你已经……我们这么说吧，长大成人了。亲爱的艾琳，”她安慰道，“我必须找他谈谈。”

“他不喜欢我，”邦德尔说道，“我知道他不会邀请我的。”

“胡说，”凯特勒姆侯爵夫人说道，“我去跟他说。乔治·洛马克斯才这么点大时我就认识他了。”她比划了一个太不靠谱的身高，接着说道，“他肯定会乐于帮我这个忙的。而且他一定很明白，我们这个阶层的年轻女性贡献才智为国家谋福，这是非常重要的。”

“听听，听听……”这句话邦德尔几乎要脱口而出，不过她硬是忍住了。

“我这就去给你找些资料来。”凯特勒姆侯爵夫人说着站起身来，尖声叫道，“康纳小姐！”

一个打扮清爽却面带惊慌的秘书跑了进来。凯特勒姆侯爵夫人向她吩咐了一大堆事情。不久，邦德尔就带着一大堆最枯燥乏味的资料驱车返回布鲁克街了。

下一步是打电话给吉米·塞西杰。他一开口就透露出成功的喜悦。

“我办好了，”他说道，“虽然在比尔那儿费了不少工夫。他总是担心我会羊入虎口。不过我终于把他说通了。我拿到了一大堆东西，正在细读呢。尽是些蓝皮书和白皮书之类的，乏味得很……不过总得理出个头绪来。你有没有听说过圣菲边境争端？”

“从没听过。”邦德尔答道。

“哦，这个问题可费脑筋了。争端持续了好几年，而且非常复杂。我要拿它当做研究课题，这年头人人都得学有专长才行。”

“我也弄到了一大堆类似的东西，”邦德尔说道，“玛西亚伯母给我的。”

“什么伯母？”

“玛西亚伯母……我爸爸的嫂子。她醉心政治，还会想办法让我参加乔治的晚会呢。”

“是吗？噢，这太好了。”停顿了一下，吉米接着说道，“对了，我想这件事我们最好不要告诉洛兰了，你觉得呢？”

“也许吧。”

“她可能会不高兴，但她真的不必卷进来。”

“对。”

“我是说不能让像她那样的女孩去冒险！”

邦德尔心想，吉米说话真不够意思——我也会遇到危险的呀，可是他似乎不怎么担心。

“还在吗？”吉米问道。

“在，我在想事情。”

“哦。明天的验尸你去吗？”

“要去的。你呢？”

“我也去。对了，晚报上有消息了，但只是登在不起眼的角落里。有意思……我还以为他们会大做文章呢。”

“是的，我也是这么想的。”

“哦，”吉米说道，“我得接着看材料了，我才读到波利维亚给英国发照会那一段。”

“我也要做点功课了，”邦德尔说道，“你要看个通宵吗？”

“大概吧。你呢？”

“噢，也有可能。晚安。”

他们两个都是那种说谎不脸红的人。吉米·塞西杰正准备带洛兰·韦德出去吃晚饭。

至于邦德尔，她一挂上电话就穿上了向女仆借来的便装。换好衣服，她一边走出门，一边想着是坐公共汽车还是坐地铁到七面钟俱乐部更方便。

第十三章 七面钟俱乐部

大约下午六点，邦德尔来到了汉斯坦街十四号。不出她所料，此时的七面钟俱乐部一片死寂。邦德尔的目的很简单，她打算找到以前的听差阿尔弗雷德。她相信只要找到了他，其他的就好办了。邦德尔自有一套对付仆人的方法，既简单又专横，屡试不爽。她看不出这一次有什么理由不会成功。

她唯一不确定的是有多少人在俱乐部里，她当然希望看到她来过的人越少越好。

正当她拿不定主意该如何入手时，这个问题却轻易地自行解决了。十四号的门打开了，走出来的正是阿尔弗雷德。

“下午好，阿尔弗雷德。”邦德尔开心地说道。

阿尔弗雷德吓了一跳。

“噢！下午好，小姐，我……我刚才没认出来是您。”

看来这套借来的衣服挺管用。邦德尔单刀直入。

“我想跟你说几句话，阿尔弗雷德，什么地方比较方便？”

“呃……真的，小姐……我不知道……这儿算不上好地方……我不知道，我敢肯定——”

邦德尔打断了他的话。

“俱乐部里有什么人？”

“现在没有人，小姐。”

“那我们进去吧。”

阿尔弗雷德取出钥匙打开门，邦德尔走了进去。阿尔弗雷德面露难色，顺从地跟在身后。邦德尔坐了下来，直视着浑身不自在的阿尔弗雷德。

“我想你知道，”她干脆地说道，“你在这里的所作所为绝对是违法的。”

阿尔弗雷德不安地扭动着身子。

“确实被突击检查过两次，”他承认道，“但没有发现对我们不利的东西，这多亏了莫斯葛洛夫斯基先生的精心安排。”

“我说的不仅是赌搏，”邦德尔说道，“还有更多的……比你知道的多得多。我只问你一个问题，希望你老老实实回答，阿尔弗雷德。他们给了你多少钱叫你离开烟囱别墅？”

阿尔弗雷德的视线沿着屋檐转了两圈，似乎在找寻灵感，有三四次他想开口，却又把嘴边的话咽了回去，但最终，他还是屈服了。

“是这样的，小姐。有一天莫斯葛洛夫斯基先生带了一群人去烟囱别墅参观。碰巧特雷德韦尔先生身体不舒服……脚趾甲发炎了……所以就叫我领着他们参观。参观结束之后，莫斯葛洛夫斯基先生是最后一个走的，他给了我一大笔钱，还跟我聊天。”

“嗯。”邦德尔用鼓励的语气说道。

“总之，”阿尔弗雷德突然加快了说话的速度，“他给了我一百英镑，要我立刻离开那里，到这儿来照管俱乐部。他想找一个在大户人家待过的人，好让这个地方有些品位……他就是这么说的。呃，要是拒绝的话好像有违上天的美意……更何况这里的薪水是我当听差时的三倍。”

“一百英镑，”邦德尔说道，“那是个很大的数目了，阿尔弗雷德。他们有没有提到过由谁来接替你在烟囱别墅的位置？”

“小姐，我当时并没有答应马上就离开烟囱别墅。我对他说，这件事非同小可，而且有可能惹麻烦。可是莫斯葛洛夫斯基先生说他认识一个年轻人，是个不错的仆人，而且随时可以过来。于是我就把这个人的名字告诉了特雷德韦尔先生，后来所有的事情都安排好了。”

邦德尔点了点头。她的怀疑是对的，而且手法也不出所料。她接着问道：

“莫斯葛洛夫斯基先生是什么人？”

“开这家俱乐部的一位绅士，俄国人，非常聪明。”

邦德尔暂时停下了搜集情报的想法，转移了话题。

“一百英镑可是很大的一笔钱，阿尔弗雷德。”

“我还从没见过这么一大笔钱呢，小姐。”阿尔弗雷德坦诚地说道。

“你没觉得有什么不对劲吗？”

“不对劲，小姐？”

“是的，我不是说赌博，我是说更严重的事情。你不想被抓去做苦役吧，阿尔弗雷德？”

“噢，天哪！您不是说真的吧，小姐？”

“前天我去了一次苏格兰场，”邦德尔说道，“我听到了一些见不得人的勾当。我希望你能帮到我，阿尔弗雷德，如果你帮了我……一旦出了事，我会替你说情的。”

“只要我能做到，一定效劳，小姐。我是说不管怎样我都会帮您的。”

“那好，”邦德尔说道，“我先要仔仔细细把这里看一遍。”

在惊恐的阿尔弗雷德的陪同之下，她非常彻底地检查了一遍，没发现什么特别之处，直到来到赌博室。她注意到角落里有一道很不起眼的门，还上了锁。

阿尔弗雷德马上解释道：

“这是逃跑用的，小姐。里面是个房间，房门口有一个楼梯，直通到隔壁的那条街。如果有突击检查，那些人就是从这里逃走的。”

“难道警察不知道吗？”

“这是一道暗门，小姐。您看，从外面看就像一个壁橱。”

邦德尔不禁一阵兴奋。

“我要进去看看。”她要求道。

阿尔弗雷德摇了摇头。

“不行，小姐，钥匙在莫斯葛洛夫斯基先生手里。”

“哦，”邦德尔说，“那就试试别的钥匙吧。”

她觉得这不过是一把很普通的门锁，很可能用类似的钥匙就可以轻易打开。邦德尔吩咐仍然局促不安的阿尔弗雷德去把可能用得着的钥匙都找来。当试到第四把钥匙时，门打开了，邦德尔走了进去。

里面是一个又乱又暗的小房间，中间是一张长条桌，四周摆放着椅子，除此之外没有其他家具。在壁炉两侧分别有一个嵌入墙壁的壁橱。阿尔弗雷德对靠他们较近的那个扬了扬头。

“就是这个。”他解释道。

邦德尔试着打开，但没有成功，这把锁跟刚才的完全不同，只有原配的钥匙才可以打开。

“这东西非常精巧，”阿尔弗雷德说道，“里面只有一些架子，上面有些账簿，看上去没什么不正常的，不会有人怀疑。不过碰一下右边的一个地方，整个壁橱就会转过来。”

邦德尔转过身，仔仔细细地打量着这个房间。她首先注意到的是，进来的那道门框四周都用粗呢布包裹着，完全是为了隔音。接着她的目光移向那些椅子。一共有七把，长条桌的两侧各有三把，另外一把则摆放在桌子的一端，外观设计也比其他的椅子气派得多。

邦德尔眼睛一亮，她已经发现了自己要找的东西。她确信这就是秘密组织聚会的地点。这种安排几乎无可挑剔，看起来非常实用——只能从赌博室或者壁橱暗门才可以进来——任何秘密都可以通过隔壁的赌博室来加以掩饰。

她一边想着，一边用手指无聊地划着壁炉架上的大理石。阿尔弗雷德误解了她的这个举动。

“您找不到灰尘的，可以这么说，”他说道，“今天早上莫斯葛洛夫斯基先生叫我把这里打扫干净，他看着我全擦干净了才走的。”

“噢，”邦德尔一边说着，一边开动脑筋，“今天早上？”

“有时是要打扫一下，”阿尔弗雷德答道，“就算这个房间从来没有正式使用过也一样。”

“阿尔弗雷德，”邦德尔说道，“你得想办法找个地方让我藏起来。”

阿尔弗雷德惊愕地看着她。

“可是，这是不可能的，小姐。我会惹上麻烦，丢了工作的。”

“你要是被关进牢房，也会丢了工作的，”邦德尔刻薄地说道，“不过你用不着担心，没人会知道的。”

“但根本就没有地方可以藏啊，”阿尔弗雷德哭丧着脸说道，“不相信的话，您自己找好了，小姐。”

邦德尔不得不承认他的话有道理，但是她有着真正的冒险家精神。

“胡说，”她坚决地说道，“肯定有地方。”

“真的没有啊。”阿尔弗雷德仍然哭丧着脸。

再没有哪个房间比这里更不适合藏身了。破败的百叶窗拉下来遮住了肮脏的窗户，上面没有悬挂窗帘。邦德尔检查了外面的窗台，竟然只有四英寸宽！房间里只有桌子、椅子和壁橱。

另外一个壁橱上插着一把钥匙，邦德尔走过去把橱门打开，里面的架子上摆满了各式各样的玻璃杯和陶器。

“都是些用不上的东西，”阿尔弗雷德解释道，“您也看到了，小姐，这里连藏只小猫的地方都没有。”

但邦德尔却在查看那些橱架。

“不是很牢嘛，”她说道，“阿尔弗雷德，楼下有没有碗橱可以把这些东西装起来？有？好的，去拿个托盘来，赶紧把它们拿下去。快点……没时间了。”

“您不能这样，小姐。而且也晚了，厨师随时都会来。”

“莫斯葛洛夫斯基先生大概很晚才会来吧？”

“他总是后半夜才来。可是，噢，小姐……”

“不要多说了，阿尔弗雷德，”邦德尔说道，“快去把托盘拿过来。你要是再争辩的话，你就有麻烦了。”

阿尔弗雷德绞着双手苦恼地离开了。

很快他又端着托盘回来，他知道争辩是没有用了，所以手脚相当麻利地干起来。

不出邦德尔所料，橱架很容易就取下来了。她把架子拆下来，把它们靠在墙上，然后跨了进去。

“嗯，”她说道，“很窄，但刚刚好。关上门，小心点，阿尔弗雷德……对，就这样，能关上。现在我要一把螺丝锥。”

“螺丝锥，小姐？”

“没错。”

“我不知道……”

“少废话，你肯定有……说不定还有一把大锥子。要是找不到我要的，你必须出去买，所以你还是用心去找吧。”

阿尔弗雷德离开了，很快他就带着一大堆工具回来了。邦德尔挑出她需要的工具，小心翼翼地在橱门上钻了一个小孔，高度与右眼齐平。为了让人不易察觉，这个孔是从外面钻的，而且是个很小的孔。

“好了，大功告成。”她终于说道。

“哦，可是，小姐，小姐……”

“怎么啦？”

“可是他们会发现你……如果他们打开橱门。”

“他们不会开橱门的，”邦德尔答道，“你先把它锁上，再把钥匙拿走。”

“万一莫斯葛洛夫斯基先生问我要钥匙怎么办？”

“你就跟他说弄丢了，”邦德尔轻松地说道，“没有人会理会这个壁橱的……它不过是用来配对掩人耳目，不让人注意另一个橱柜而已。去吧，阿尔弗雷德，说不定随时会有人来。把我锁在里面，把钥匙拿走，等这里没人了，再打开让我出去。”

“您会很难受的，小姐。您会昏倒的……”

“我绝对不会昏倒，”邦德尔答道，“不过，你可以弄杯鸡尾酒给我，我会用得着。再把房间的门锁上……不要忘了……把那些钥匙放回原处。还有，阿尔弗雷德……不要那么胆小，免得露了马脚。记住，要是出了岔子，我保证你会没事的。”

阿尔弗雷德把鸡尾酒送来之后就离开了。

“就这样吧。”邦德尔接过鸡尾酒，自言自语地说道。

邦德尔丝毫不担心阿尔弗雷德会因为胆小而把她出卖了。她知道他的自我保护意识要比他经受的考验强烈得多。他是一个训练有素的仆人，能轻易地把个人情感隐藏在那张仆人的面具之下。

邦德尔只担心一件事，那就是她对今天早上打扫这个房间的理解也许完全是错误的。如果真是这样——邦德尔在狭小的壁橱里叹了口气，在这里守那么久却一无所获，那可就大大不妙了。

第十四章 七面钟会议

接下来难熬的四个小时还是快点过去吧。这地方太小了，邦德尔只能缩着身子。她推测会议应该是在俱乐部最热闹的时候进行——如果有会议的话——那么应该在午夜到凌晨两点之间。

她正想着现在应该是清晨六点钟了，这时耳边传来了一个期盼已久的声音，房间的门锁打开了。

随后她听到了开灯的声音，插上插销的声音。耳边突如其来如波涛涌入的嘈杂声戛然而止。显然有人从隔壁的赌博室进来，那道门的隔音效果之好令她暗暗吃惊。

紧接着那个人进入了她的视线——视线很窄，却还够用。是一个身材高大的男人，宽宽的肩膀，蓄着黑色长胡须，看上去孔武有力。邦德尔想起前一天晚上在赌桌前看到过他。

看来他就是阿尔弗雷德所说的那位神秘的俄国绅士以及俱乐部老板——阴险的莫斯葛洛夫斯基先生了。邦德尔激动得心怦怦直跳。与她父亲截然不同的是，在这个极不舒服的环境下，她却颇感自豪。

俄国人在桌子旁站了一会儿，捋着胡须。然后，他从口袋里掏出表，看了看时间，似乎很满意地点了点头，又把手伸进口袋里，掏出了一样东西，但是邦德尔没有看清。接着，他便走出了她的视线。

当邦德尔再次看到他时，不禁大吃一惊。

他的脸上蒙着一副面具，但又不是普通的面具。这副面具不是按照脸形做的，只不过像窗帘一样挂在脸上，上面开了两个小孔，以便能看到东西。面具的形状是圆的，画的是一个钟面，指针指示的时间是六点。

“七面钟！”邦德尔心想。

这时，传来了一阵响声，是七下低沉的敲门声。

莫斯葛洛夫斯基大步走了过去，邦德尔知道他一定是走到了另一扇壁橱门前。她听到咔嗒一声脆响，接着是外国人互致问候的声音。

很快她就看到了进来的两个人。

他们也戴着钟形面具，但指针却指向不同的位置，分别是四点和五点。两个人都穿着晚礼服，但并不相同。其中一个是举止优雅、身材高挑的年轻人，身上的晚礼服剪裁很得体。他走起路来姿态优雅，不像是英国人的风格。另一个人可以用瘦长结实来形容，穿的衣服也只是刚刚合身而已。还没等他开口，邦德尔就猜出了他的国籍。

“我想我们是最先到的。”悦耳的声音里略带些美国人的拖腔和爱尔兰人的转调。

优雅的年轻人用很准确但却有些生硬的英语说道：

“今天晚上我费了不少工夫才脱了身，事情不总是顺风顺水。我不像四点钟那样可以自己做主。”

邦德尔试图猜出他的国籍。在他还没开口说话之前，她原以为他是个法国人，但他说话的腔调不像是法国人。她想，他可能是奥地利人，或者匈牙利人，甚至是俄国人。

那个美国人走到桌子的另一侧，邦德尔听到了椅子被拉出来的声音。

“一点钟获得了巨大的成功，”他说道，“恭喜你冒了这个险。”

五点钟耸了耸肩。

“如果不冒险……”他把嘴边的话咽了下去。

又传来七下敲门声，莫斯葛洛夫斯基走向暗门。

有一阵子邦德尔什么也没瞧见，这些人都走到了她的视线之外，但很快她就听见长胡子的俄国人扯着嗓门说道：

“开始开会吧？”

他绕着桌子走过去，坐在靠近桌首的座位上，恰好面对邦德尔藏身的壁橱。举止优雅的五点钟则紧挨着他坐下。那一侧的第三把椅子在邦德尔的视线之外，但那个四点钟美国人在落座之前，在她的视线里晃了几下。

在桌子靠近壁橱的一侧，邦德尔只能看见两把椅子。就在邦德尔细细观察的时候，她看到一只手把第二把椅子——也就是中间的那把——放倒了。随后一个新进来的人敏捷地走过邦德尔藏身的壁橱，径直坐在莫斯葛洛夫斯基的对面。当然，不管是谁坐在这个位置，他总是背对着邦德尔的。邦德尔饶有兴致地盯着那个人的背影，从背影来看，这是一个身穿露肩衣服的绝色美女。

首先说话的就是这位美女。她的声音动听悦耳，外国口音，性感十足。她瞥了一眼桌首的空椅子。

“这么说今天晚上我们见不着七号了？”她说道，“告诉我，朋友们，我们会见到他吗？”

“好极了，”那个美国人说道，“说得好极了！至于七点钟……我开始相信压根儿就没这个人。”

“最好别这么想，朋友。”俄国人和气地说道。

大家鸦雀无声，这是一种令人不舒服的沉默，邦德尔也觉察到了。

她凝视着眼前这个美女的背影，几乎有些痴了。美女的右肩胛骨下方生有一颗小黑痣，使得她的肌肤更显白皙。邦德尔终于明白了“美女冒险家”这个常常读到的词所具有的含义。她毫不怀疑这个女人有着一张漂亮面孔——一张斯拉夫人的脸蛋，明眸善睐。

俄国人的声音打断了她的联想，他似乎是这次会议的主持人。

“开始谈正事吧。首先，向缺席的两点钟同志致意！”

他手指着美女身旁那把放倒了的椅子，做了一个奇怪的手势，其他人也依葫芦画瓢，冲着那把椅子做了同样的手势。

“真希望两点钟今晚跟我们在一起，”他接着说道，“还有很多事要做，而且出现了一些事先没有想到的困难。”

“你接到他的报告了吗？”美国人说道。

“还没有……没有收到任何消息。”俄国人顿了顿，“真搞不懂。”

“你是不是觉得有可能……出了岔子？”

“有这种可能。”

“也就是说，”五点钟柔声说道，“有了……危险。”

这句话很微妙，耐人寻味。

俄国人用力点了点头。

“是的……有了危险。知道我们……还有这个地方的人越来越多了。我就知道已经引起了几个人的怀疑。”他冷冷地说道，“必须让他们闭嘴。”

邦德尔觉得脊背一阵发凉。要是他们发现了她，会不会把她干掉？突然，一个词吸引了她的注意。

“这么说烟囱别墅的事还没被人发现？”

莫斯葛洛夫斯基摇了摇头。

“没有。”

突然，五点钟身子前倾。

“我同意安娜的想法，我们的首领……七点钟在哪儿？是他把我们召集来的，但为什么我们也从没见过他——哪怕是他的影子？”

“七点钟有自己的一套做事方法。”俄国人说道。

“你老是这么说。”

“还不仅仅是这些，”莫斯葛洛夫斯基冷冷地说道，“我可怜那些跟他过不去的人……或者女人。”

一阵尴尬的沉默。

“我们必须谈谈正事了，”莫斯葛洛夫斯基平静地说道，“三点钟，双足飞龙教堂的事你计划好了吗？”

邦德尔马上竖起了耳朵。到目前为止，她既没有看到过三点钟的身影，也没听到过他的声音。此刻她听到了，而且真真切切。好听却模糊不清的低语声——一听就知道是一个很有教养的英国人。

“我把材料带来了，先生。”

他把几张纸铺在桌子上。每个人都把身子凑过去。很快，莫斯葛洛夫斯基又抬起了头。

“客人名单呢？”

“在这儿。”

俄国人念道：“斯坦利·迪格比爵士、特伦斯·奥罗克先生、奥斯瓦德爵士和库特夫人、贝特曼先生、安娜·拉兹基伯爵夫人、麦卡塔夫人、吉米·塞西杰先生……”

他顿了顿，突然问道：“吉米·塞西杰是谁？”

美国人笑道：

“你用不着担心，只是一个普普通通的年轻人，十足的蠢驴。”

俄国人接着念道：

“赫尔·埃伯哈德和埃弗斯利先生。就这些人了。”

“就这些人了？”邦德尔心想，“那么可爱女孩，艾琳·布伦特小姐呢？”

“嗯，好像没什么可担心的。”莫斯葛洛夫斯基说。他看了看桌对面，接着说道：“对于赫尔·埃伯哈德的发明，我想它的价值没什么好怀疑的吧？”

三点钟用英国人的方式言简意赅地答道：“毫无疑问。”

“从商业上来看，它值几百万英镑，”俄国人说道，“从国际影响来看……呃，大家都很清楚国家的贪婪。”

邦德尔觉得他在面具后面的微笑一定让人讨厌。

“嗯，”他接着说道，“相当于一个金矿。”

“也值几条人命。”五点钟笑着挖苦道。

“不过，你们都知道发明家是些什么人，”美国人说道，“有时那些该死的发明根本就不管用。”

“像奥斯瓦德·库特爵士那样的人是不会弄错的。”莫斯葛洛夫斯基说。

“要我这个飞行员来说，”五点钟说道，“这个发明完全是可行的，都已经讨论好多年了，只是需要赫尔·埃伯哈德这样的天才来实现。”

“好了，”莫斯葛洛夫斯基说道，“我想这个问题没必要再讨论了。你们都看过了计划。我觉得最初的方案已经相当完美了，没必要再完善。顺便问一句，我听说有人发现了格里·韦德的一封信，信上提到了我们这个组织。信是谁发现的？”

“凯特勒姆勋爵的女儿……艾琳·布伦特小姐。”

“包尔早该把那封信处理掉，”莫斯葛洛夫斯基说道，“他太不小心了。信是写给谁的？”

“我想是他妹妹。”三点钟答道。

“真糟糕，”莫斯葛洛夫斯基说道，“但也没办法了。罗尼·德弗卢的验尸是在明天。我想你已经安排好了吧？”

“已经到处散布是当地小伙子玩枪误伤的消息了。”美国人答道。

“很好。我想没有什么要说的了。我们一起向亲爱的一点钟表示祝贺，并预祝她在将要扮演的角色中交好运吧。”

“安娜万岁！”五号喊道。

每个人都挥手做了一个手势，跟先前邦德尔见过的一样。

“安娜万岁！”

一点钟以典型的外国人的姿态接受了同伴们的致敬，然后她站起身来，其他人也跟着站起来。三点钟走过来给安娜披上了披风，邦德尔这才第一次瞥了他一眼——一个身材魁梧的高个子男人。

接着，这伙人从暗门鱼贯而出。等其他人离开，莫斯葛洛夫斯基才将暗门锁好。他又等了一会儿，然后邦德尔听见他把另一道门的插销打开，关了电灯走了出去。

又过了两个小时，一脸苍白、心急如焚的阿尔弗雷德才过来把邦德尔放了出来。她差点儿倒在了他的怀里，阿尔弗雷德赶忙扶住了她。

“没什么，”邦德尔说道，“只是有些僵。来，让我坐坐。”

“噢，天哪！太可怕了，小姐。”

“胡说，”邦德尔说道，“一切都很顺利。别慌，都过去了。差点出了乱子，不过谢天谢地总算没有。”

“谢天谢地，小姐。整个晚上我都紧张得要命。这些人很鬼的。”

“鬼得要命，”邦德尔一边说着，一边揉着胳膊和大腿，“老实说，直到今天晚上，我一直以为像他们这样的人只有书上才有。人生当中，阿尔弗雷德，无时无刻都不能停止学习啊。”

第十五章 验尸

邦德尔大概是早上六点回的家，但九点半她就起床穿好衣服，打电话给吉米·塞西杰了。

电话很快就通了，速度之快令她颇为惊讶，后来他解释说自己正准备去参加验尸，她这才打消了狐疑。

“我也要去，”邦德尔说道，“而且我有很多话要告诉你。”

“那好，我开车过来接你，我们路上聊，如何？”

“好。不过你得先送我去烟囱别墅。郡警察局长要到那儿接我。”

“为什么？”

“他是个好心人。”邦德尔答道。

“我也是，”吉米说道，“大好人一个。”

“噢！你……你是个蠢驴，”邦德尔说道，“昨晚我听人说的。”

“谁？”

“准确地说……是一个俄国犹太人。不，不对。是……”

电话另一头的抗议声让她说不出话来。

“我可能是头蠢驴，”吉米愤愤不平地说道，“但我敢说我是……可我不想听到俄国犹太人这么说我。昨天晚上你在干什么，邦德尔？”

“我正要跟你说呢，”邦德尔答道，“回头再说吧。”

她卖了个关子，挂断电话，把吉米弄得心痒痒的。虽然在感情上并不中意，但他对邦德尔的才智却佩服得五体投地。

“肯定有名堂，”他心想，一边匆匆地喝完最后一口咖啡，“绝对错不了，她准是捣了什么鬼。”

二十分钟之后，他的那辆小巧玲珑的双座跑车停在了布鲁克街的一座屋子门前，邦德尔已经在那里等着了，她下台阶朝吉米走去。虽然吉米平时不善于观察，但他还是注意到了邦德尔的黑眼圈，还有脸上那副熬夜后的倦容。

“嗨，”当吉米小心翼翼地驾车驶过郊区时，他问道，“你在捣什么鬼啊？”

“我会跟你说，”邦德尔说道，“不过在我说完之前你可别插嘴。”

真是说来话长，吉米一边仔细听，一边小心地开车。等邦德尔好不容易说完了，他不禁叹了一口气——然后用探询的目光看着她。

“邦德尔？”

“怎么啦？”

“听我说，你该不会是在开玩笑吧？”

“你这话什么意思？”

“对不起，”吉米赶忙道歉，“可我觉得好像以前在哪儿听说过……大概是在梦里吧。”

“我明白。”邦德尔同情地说道。

“这种事怎么可能，”吉米顺着自己的思路接着说道，“外国美女冒险家，国际团伙，神秘的七点钟，还没有人知道他是谁……这种故事我读过起码一百次了。”

“你当然读过，我也读过，但想不到竟然真的发生了。”

“真没想到。”吉米承认道。

“毕竟……虚构的东西都是以现实为基础的吧。我是说，除非真的发生过什么事，否则人们不可能凭空杜撰。”

“你说的有道理，”吉米表示赞同，“不过我还是忍不住掐了一下自己，看自己是不是在做梦。”

“我也有同感。”

吉米重重地叹了口气，说道：

“唉，我想我们都没有做梦。让我想想，一个俄国人，一个美国人，一个英国人……一个可能是奥地利人或匈牙利人……还有那个不知是哪国人的美女……可能是俄国人或波兰人……真是很有代表性的一伙人。”

“还有一个德国人，”邦德尔说道，“你忘了那个德国人。”

“噢！”吉米慢条斯理地说道，“你是说……”

“没到场的二点钟，他肯定就是包尔，我们家的听差。我听他们说要搞到一份关于烟囱别墅的报告，但还没有得手，不过究竟是一份什么样的报告，我倒想不出来。”

“肯定跟格里·韦德的死有关，”吉米说道，“有些事情我们还没搞清楚。你说他们提到了包尔的名字？”

邦德尔点了点头。

“他们怪他没发现那封信。”

“哦，看来你把情况已经摸得很清楚了，那就没什么好说的了。抱歉刚开始我还不相信，邦德尔……可是听起来的确匪夷所思。他们也知道我下个星期要去双足飞龙教堂？”

“是的，当时那个美国人……就是他，不是那个俄国人……说用不着担心你……说你只不过是一头普普通通的蠢驴。”

“可恶！”吉米说道。他使劲地踩了下油门，跑车猛地向前奔去。“很高兴你告诉我。这样我就对这个案子有了所谓的个人兴趣了。”

他沉默了一两分钟，接着说道：

“你说那个德国发明家名叫赫尔·埃伯哈德？”

“对，怎么啦？”

“等等。我想起来了。赫尔·埃伯哈德，赫尔·埃伯哈德……对，肯定就是这个名字。”

“说说看。”

“赫尔·埃伯哈德以前曾经申请过钢铁方面的专利。具体是什么我也说不清，我不是搞这行的……不过我知道这项技术可以让物体更坚韧，一根钢丝经过处理，强度堪比一根普通的铁条。赫尔·埃伯哈德想把这个技术应用到飞机上，这样飞机的重量将大大降低，会引发航空革命……我是说成本。我相信他起先把自己的发明给了德国政府，但政府不要，还指出其中存在一些无可辩驳的缺陷……这种做法太恶劣了。后来他继续研究，攻克了一切难关，但政府的态度严重伤害了他，他发誓政府休想得到他最珍贵的发明。以前我一直认为整件事就是瞎胡闹，不过现在……好像不是那么回事了。”

“没错，”邦德尔急切地说道，“让你说中了，吉米。埃伯哈德肯定把他的发明给了我们的政府。他们已经接受，或者打算接受奥斯瓦德·库特爵士的专家意见。在双足飞龙教堂举办的晚会就是一次非官方会议，奥斯瓦德爵士、乔治、航空部长，还有埃伯哈德都会出场。赫尔·埃伯哈德还会把他的计划或方案……随便你怎么叫……带过去。”

“配方，”吉米插了一句，“我觉得叫配方更合适。”

“他会把配方带上，而七面钟却想去偷配方。那个俄国人说它值好几百万英镑呢。”

“我想差不多吧。”吉米说。

“还值好几条人命……这是另一个人说的。”

“唉，已经赔了几条，”吉米的脸上布满了阴云，“今天这该死的验尸就是其中之一。邦德尔，你肯定罗尼没说别的吗？”

“没有，”邦德尔说道，“就说了几个字：‘七面钟，告诉吉米·塞西杰。’他只能说出这些，真可怜。”

“要是我们知道他所掌握的情况就好了，”吉米说道，“不过我们已经查明了一件事。那个听差，包尔，对格里的死一定负有责任。邦德尔……”

“什么？”

“唉，有时候我真有点担心。下一个会是谁呢？这种事真不该让女孩子卷进来。”

邦德尔不禁微微一笑——吉米好不容易才把她和洛兰·韦德归为一类。

“很有可能是你而不是我。”她乐呵呵地说道。

“瞧你说的，”吉米说道，“不过，把对方干掉几个，扭转一下局势怎么样？今天早上我真的想杀人。告诉我，邦德尔，要是再见到那伙人，你认得出来吗？”

邦德尔迟疑了一下。

“五点钟应该认得出来，”她终于说道，“他说话怪怪的……咬牙切齿，很邪恶……只要再听到，我应该能认出来。”

“那个英国人呢？”

邦德尔摇了摇头。

“我只是瞥了一眼，而且声音也很普通。除了知道他是个大块头之外，没有什么明显的特征。”

“当然，还有那个女的，”吉米接着说道，“她应该比较容易认出来。不过你不太可能再碰到她。她说不定正在干一些卑劣的勾当，陪一些好色的内阁大臣一起吃晚饭，然后再套取国家机密。至少书上是这么写的。其实我只认识一个内阁大臣，他只喝加柠檬汁的热开水。”

“就拿乔治·洛马克斯来说吧，你觉得他是一个喜欢纠缠外国美女的好色之徒吗？”邦德尔笑着说道。

吉米同意她的说法。

“现在说说那个神秘人物七点钟吧，”吉米接着说道，“你觉得他会是谁？”

“我一点头绪也没有。”

“按照书上说的，他应该是我们都认识的某个人。会不会就是乔治·洛马克斯？”

邦德尔摇了摇头。

“如果写成小说倒也无可挑剔，”她说道，“不过老鳕鱼……”她一下子笑得喘不过气来。“老鳕鱼，犯罪集团的大头目，”她喘了口气，“岂不是让人惊叹？”

吉米表示有同感。他们之间的讨论花了不少时间，有一两次跑车不知不觉地慢了下来。等到达烟囱别墅时，他们发现梅尔罗斯上校已经久候多时了。邦德尔向上校介绍了吉米，然后他们三人便一起去参加验尸。

正如梅尔罗斯上校预料的，整个过程相当简单。邦德尔和医生分别提交了证词，还有人作证事发地有人在玩枪，最后得出了意外致死的结论。

验尸结束之后，梅尔罗斯上校自告奋勇开车送邦德尔返回烟囱别墅，吉米·塞西杰则返回伦敦。

尽管吉米表面上一副轻松的样子，但邦德尔的叙述却牢牢地印在了他的心里。他紧抿着双唇。

“罗尼，老伙计，”他喃喃自语道，“我会挺身而出的，可你却不在我身旁。”

他脑子里又闪过一个念头。洛兰！她会不会有危险？

犹豫了一两分钟之后，他走到电话机旁拨通了电话。

“是我……吉米。我想告诉你验尸的结果，是意外致死。”

“噢，可是……”

“嗯，不过我觉得另有文章。验尸官有一点点暗示。有人想掩盖什么。喂，洛兰……”

“什么事？”

“听着，有些事很蹊跷，你要特别当心，知道吗？看在我的分儿上。”

他听出她的声音里夹杂着一丝慌乱。

“吉米……可是，你的处境也很危险。”

他笑了笑。

“噢，我不会有事的。我是九命猫。再见。”

他挂断电话，沉思了一两分钟。然后把史蒂文斯叫来。

“你能不能出去帮我买一把手枪，史蒂文斯？”

“手枪，先生？”

训练有素的史蒂文斯并没有表示惊讶。

“您需要什么样的手枪？”

“就是一扣扳机就一直发射的那种。”

“自动手枪，先生。”

“对，”吉米说道，“自动手枪，而且我想要枪管烤蓝的那种……要是你和枪店老板知道的话。在美国小说里，主人公总是从屁股口袋里掏出一把枪管烤蓝的自动手枪。”

史蒂文斯很难得地淡淡一笑。

“我认识的大多数有身份的美国人，他们的屁股口袋里装的可不是这种东西，先生。”他说道。

吉米·塞西杰一阵大笑。

第十六章 双足飞龙教堂的晚会

星期五下午邦德尔驱车来到双足飞龙教堂时，正好赶上喝下午茶的时间。乔治·洛马克斯以少有的热情走上前来迎接她。

“亲爱的艾琳，”他说道，“见到你我真是非常高兴。我邀请了你父亲却没有邀请你，还请你多多原谅。不过老实说，我做梦也没想到这种类型的晚会也会吸引你。当凯特勒姆侯爵夫人跟我说……呃……你对政治……呃……感兴趣时，我真是又惊……又喜。”

“我实在太想来了。”邦德尔坦白地说道。

“麦卡塔夫人坐晚一点的火车，过一会儿才到，”乔治说道，“昨天晚上她在曼彻斯特的一个集会上发表演讲。你认识塞西杰吗？很年轻的一个小伙子，但对外国政治却相当了解，真是人不可貌相啊。”

“认识。”邦德尔一边说着，一边郑重地和吉米握了握手。她发现他梳了个中分头，尽量使自己的表情更显得严肃。

“听我说，”趁乔治暂时走开，吉米压低声音匆匆说道，“你千万别生气，我把我们的小花招告诉比尔了。”

“比尔？”邦德尔生气地说道。

“唉，毕竟，”吉米说道，“比尔是我们一起的。罗尼是他的好朋友，格里也是。”

“哦，我知道。”邦德尔说道。

“抱歉，不过你还是觉得不妥吧？”

“比尔当然没问题，我不是这个意思，”邦德尔答道，“可是他……呃，比尔天生是个傻瓜。”

“脑子不机灵？”吉米试探着问道，“不过你别忘了……比尔的拳头可是很厉害呀。我总觉得厉害的拳头会派上用场的。”

“也许你是对的。他有什么反应？”

“他听了直挠脑袋……我是说很难让他明白到底是怎么回事。我只好用最简单的话，三番五次地重复着，他的榆木脑袋才算开了窍。当然，他跟我们是生死与共并肩作战的，可以这么说。”

乔治不知从哪儿又冒了出来。

“我来介绍一下，艾琳。这位是斯坦利·迪格比爵士……艾琳·布伦特小姐。这位是奥罗克先生。”航空部长是一个矮胖子，脸上挂着愉悦的笑容。奥罗克先生是个身材高大的年轻人，一对蓝眼睛始终带着笑意，有着一副典型的爱尔兰人的面孔。他热情地与邦德尔打了个招呼。

“说不定又是一次无聊的政客之间的聚会。”他压低嗓音嘟囔道。

“小声点，”邦德尔说道，“我对政治感兴趣，非常有兴趣。”

“还有你认识的奥斯瓦德爵士和库特夫人，”乔治继续介绍道。

“其实我们没见过面。”邦德尔微微一笑。

她暗自钦佩父亲对人物的刻画能力。

奥斯瓦德爵士的手像铁钳一样，捏得她不禁皱起了眉头。

库特夫人有些哀婉地打了个招呼，然后转向吉米·塞西杰，脸上流露出恬适的表情。尽管吉米吃早饭总是迟到，但库特夫人还是对这位和蔼可亲、粉红色脸蛋的年轻人抱有好感。她喜欢他那凡事不急不愠的好脾气。她有一个愿望，就是根治他的坏毛病，让他能够在这个世界上出人头地。至于这个愿望实现之后，他还会不会这么讨人喜欢，这个问题她倒从来没有问过自己。此时，她正跟他说起自己的一个朋友遭遇的一次惨痛的车祸。

“这位是贝特曼先生，”乔治简短地说道，好像要急着转到更好的一个话题。

一个表情严肃、脸色苍白的年轻人鞠了一躬。

“现在，”乔治继续说道，“我要向你介绍拉兹基伯爵夫人。”

拉兹基伯爵夫人刚才一直在跟贝特曼先生说话。她坐在沙发上，身子仰得很靠后，轻佻地跷着腿。她正在抽烟，烟斗上镶嵌着绿松石，烟管则长得惊人。

邦德尔觉得她是自己见过的最漂亮的女人之一。她的一双眼睛又大又蓝，一头乌发，皮肤雪白，长着斯拉夫人特有的略微扁平的鼻子，身材苗条柔美，双唇则涂得红红的，令双足飞龙教堂蓬荜生辉。

她急切地问道：“想必这位就是麦卡塔夫人吧？”

见乔治摇了摇头，又听他介绍说是邦德尔时，伯爵夫人便漫不经心地朝她点了点头，又开始跟表情严肃的贝特曼先生说起话来。

这时，邦德尔听见吉米悄悄地在她耳边说道：“黑猩猩完全被这个漂亮的斯拉夫女人迷住了。”他接着说道，“真可笑，对不对？走，我们去喝点茶吧。”

他们又和奥斯瓦德·库特爵士碰到一起。

“你们家的烟囱别墅真不错。”这位大人物感慨道。

“很高兴您喜欢。”邦德尔谦和地说道。

“就是管道需要重新换一下，”奥斯瓦德爵士说道，“要跟上潮流，对吧？”

他沉思了一两分钟。

“我租下了奥尔顿公爵的地方，租期三年。现在我正在找一个属于自己的地方。我猜想令尊即使想要卖，恐怕也不能卖吧？”

邦德尔惊讶得有点透不过气来。她有一种噩梦般的感觉，仿佛看到有无数个像库特一样的人都垂涎三尺地盯上了全英格兰无数个类似烟囱别墅的地方，不用说，这些地方全都装上了新潮的管道系统。

邦德尔突然感到一阵愤慨，但她告诫自己，这样的愤愤不平是荒唐可笑的。毕竟，拿凯特勒姆勋爵和奥斯瓦德·库特爵士作个比较，谁会败北立判可知。奥斯瓦德爵士拥有强有力的人格力量，所有跟他有过接触的人都相形见绌。用凯特勒姆勋爵的话来说，他就是一台蒸汽压路机，一个能压倒别人的人。然而，从很多方面来说，奥斯瓦德爵士毫无疑问是个笨蛋。除了他的专业知识和惊人的鼓动力，他很可能极其无知。而凯特勒姆勋爵所享受的千姿百态的悠然生活，对奥斯瓦德爵士来说简直是一部读不懂的天书。

邦德尔一边想着，一边愉快地跟人聊天。她听说赫尔·埃伯哈德先生已经到了，不过因为头痛得厉害，已经躺下休息了。这是想方设法靠过来献殷勤的奥罗克先生告诉她的。

总之，邦德尔上楼去更衣打扮时，是怀着有所期待的愉快心情的，但一想到麦卡塔夫人即将到来，她内心深处又不禁有些忐忑。邦德尔觉得，跟麦卡塔夫人周旋不会是一件轻松的事。

邦德尔换了一件带黑色花边的连衣裙，当她下楼穿过大厅时，她不禁大吃一惊。她看到那儿站着一个听差——或者说是一个穿着打扮像听差的人，但那魁梧的身材与身上的穿戴却显然不相配。邦德尔停住脚步盯着他看了看。

“巴特尔警司。”她低声叫道。

“没错，艾琳小姐。”

“啊！”邦德尔不相信地问道，“您来这儿……”

“看看会出什么事。”

“原来如此。”

“那封恐吓信，”警司说道，“让洛马克斯先生有些害怕。只要我到场，就不会有事的。”

“可是您不觉得……”邦德尔欲言又止。她不想嘲笑警司的伪装并不高明。她觉得巴特尔浑身上下都好像贴有“警察”的字样，就算是最没有戒心的罪犯也不难觉察。

“你觉得，”警司不动声色地问道，“我可能被认出来？”

“嗯，我确实是这样想的……”邦德尔承认道。

巴特尔警司呆板的脸上浮现出一丝笑容，似乎含有深意。

“会引起他们的警觉？唉，艾琳小姐，有什么不可以呢？”

“有什么不可以呢？”邦德尔重复了一遍，马上又觉得自己显得有那么一点儿笨。

巴特尔警司不紧不慢地点了点头。

“我们可不想有不愉快的事发生，对吧？”他说道，“不要自作聪明……让他们知道这里也可能有梁上君子……这么说吧，让他们知道有某个人在就行了。”

邦德尔钦佩地注视着他。可以想象，像巴特尔警司这样大名鼎鼎的人物突然现身，对图谋不轨的人来说无疑是一大阻吓。

“自作聪明会犯大错误，”巴特尔警司又强调了一次，“最要紧的是这个周末不要发生不愉快的事情。”

邦德尔一边继续朝前走着，一边思忖着在这群客人当中，有多少已经发现或者将会认出这位来自苏格兰场的侦探。只见乔治皱着眉头站在客厅里，手里拿着一个橙色的信封。

“真伤脑筋，”他说道，“麦卡塔夫人打电报说她来不了了。她的孩子得了腮腺炎。”

邦德尔松了口气。

“真可惜，艾琳，”乔治体贴地说道，“我知道你非常想见她。伯爵夫人也会非常失望的。”

“噢，没关系，”邦德尔答道，“要是她过来把腮腺炎传染给了我，那我可不愿意。”

“也只好这么说啦，”乔治表示认同，“不过我倒不觉得这样就会传染上腮腺炎。我敢肯定麦卡塔夫人不会冒这种险的。她是一个非常讲原则的人，很有集体责任感。在国家危难之际，我们都必须考虑……”

乔治正准备高谈阔论，突然又打住了话头。

“不过一定要另找一个机会，”他说道，“幸好对你来说不急。可是伯爵夫人，唉，她是专门来访问我们国家的贵宾呀。”

“她是匈牙利人，对吗？”邦德尔问道，她对这位伯爵夫人深感好奇。

“对。你肯定听说过青年匈牙利党吧？她是这个党的领袖之一。伯爵夫人很富有，很早就守寡，她把自己的财富和才智都奉献给了公益事业。尤其在降低婴儿死亡率方面，她花费了极大的心血，目前在匈牙利，婴儿死亡率问题非常严峻。我……啊！这位是赫尔·埃伯哈德先生。”

这位德国发明家比邦德尔想象的要年轻一些，可能不过三十三四岁。他看起来有些俗气，一副惴惴不安的样子，但人品好像还不赖。他那双蓝色的眼睛透露出一点点狡黠，但更多的还是腼腆，而他那些令人不快的举止——比如比尔说的动不动就会啃指甲，她倒觉得更多的是因为紧张不安引起的。他瘦弱的身材看上去弱不禁风。

他用拗口的英语吃力地与邦德尔聊着，好在风趣的奥罗克插进来打断了他们的交谈，让两人都有如释重负之感。接着，比尔像只无头苍蝇似的闯了进来，匆匆忙忙地直奔邦德尔。他看上去不知所措，又显得疲惫不堪。

"喂，邦德尔，听说你来了。整个下午我都忙得像一头拉磨的驴子，要不然我早就来找你了。"

"是不是在操心国家大事？"奥罗克同情地问道。

比尔哼了一声。

"不知道你的同伴怎么样，"他抱怨道，"看上去是个性情和善、矮矮胖胖的家伙。不过老鳕鱼真叫人受不了，从早到晚像催命鬼似的。你做的每一件事都是错的，而你没做的每一件事都应该早就做好。"

"像是从祈祷书里摘下来的话。"刚走过来的吉米说道。

比尔责备地瞥了他们一眼。

"有谁知道我干的是什么苦差事！"他可怜兮兮地说道。

"哄伯爵夫人开心？"吉米说道，"可怜的比尔，对于像你这样不喜欢女人的人来说，这肯定让你伤透了脑筋。"

"此话怎讲？"邦德尔问道。

"喝过下午茶之后，"吉米咧嘴笑道，"伯爵夫人要比尔带她去一个有趣的老地方。"

"得啦！我能拒绝？！我能不去？！"比尔说着，脸一下子变得像红砖一样。

邦德尔略微有些不安。比尔·埃弗斯利先生对漂亮女人很多情，这一点她太清楚了。要是落到伯爵夫人这样的女人手里，比尔肯定像一团想怎么捏就怎么捏的面团。她再次怀疑起吉米·塞西杰把他们的秘密告诉比尔是不是明智之举。

“伯爵夫人是个风情万种的女人，”比尔说道，“而且非常聪明。你真应该陪她围着房子转一圈，听听她问的各式各样的问题。”

“什么样的问题？”邦德尔突然问道。

比尔含糊其辞。

“唉！我答不上来。关于它的历史，还有旧家具。还有……唉，各式各样的问题。”

就在这时，伯爵夫人翩然而至。她好像有点气喘吁吁，穿着一件黑色天鹅绒紧身长袍，看上去雍容华贵。邦德尔注意到比尔马上就被吸引过去，围在她的身旁。那个表情严肃、戴着眼镜的年轻人也凑了过去。

“比尔和黑猩猩都馋死了。”吉米·塞西杰坏笑着说道。

但邦德尔一点也不觉得好笑。

第十七章 晚餐之后

乔治从不迷信现代发明，所以双足飞龙教堂没有安装诸如集中供暖之类的时髦设施。结果，当女士们用好晚餐走进客厅时，发现房间的温度显然不足以匹配身上的摩登晚装。壁炉里熊熊燃烧的火焰就像一块巨大的磁铁，三位女士不由自主地被吸引过去，围在了炉火一旁。

“哇……”伯爵夫人打着冷颤叫了一声，就算是外国口音，听起来也是娇滴滴的。

“白天越来越短了。”库特夫人说着，拉了拉那条印有花卉图案的俗不可耐的围巾，硕大的肩膀被箍得越发紧了。

“乔治为什么不把屋子弄暖和一点？”邦德尔说道。

“你们这些英国人，从来就不会把屋子弄暖和。”伯爵夫人嗔怪道。

她取出那根细长烟斗抽起烟来。

“这壁炉也太老土了，”库特夫人说道，“热气都从烟囱跑出去了，根本就没进房间。”

“嗯！”伯爵夫人说道。

大家没有再说话。伯爵夫人显然对这两个同伴有些厌烦了，所以谈话很难继续下去。

“真有意思，”库特夫人打破了沉默，“麦卡塔夫人的孩子竟会得腮腺炎。哦，我不是说真的很有意思……”

“什么是腮腺炎？”伯爵夫人问道。

邦德尔和库特夫人不约而同地争相解释起来。最后，她们俩好不容易才让伯爵夫人明白了这个词的意思。

“匈牙利的小孩也会得腮腺炎吧？”库特夫人问道。

“嗯？”伯爵夫人好像没有听懂。

“我是说匈牙利的小孩，他们也深受腮腺炎之苦吧？”

“不知道，”伯爵夫人答道，“我怎么知道？！”

库特夫人有些诧异地看着她。

“可我知道你做的是……”

“噢，那个呀！”伯爵夫人放下跷起的腿，取下了嘴里衔着的烟斗，快言快语地说道，“我跟你们讲一些恐怖的事情，我亲眼见过的恐怖事情。难以置信！你们肯定不相信！”

她说得有鼻子有眼，口若悬河，绘声绘色。在这两位听众的面前，出现了一幅幅饥寒交迫的悲惨场景。她谈到战后不久的布达佩斯，追溯了它迄今为止的沧桑变迁。她很会使用夸张的手法，但在邦德尔看来，她有点儿像留声机上的唱片。你只要打开开关，她就开始唱起来，你不想听了，她又会戛然而止。这不，伯爵夫人突然住了口。

库特夫人听得毛骨悚然，这一眼就看得出来。她端坐在那里专注地听着，嘴巴微微张开，哀伤的大眼睛直直地盯着伯爵夫人。偶尔，她也插入一两句自己的议论。

“我有一个表姐，她的三个孩子都被活活烧死了，很恐怖，对吧？”

伯爵夫人没有理会，只是自顾自不停地讲下去。最后，她突然停住了，就像刚开始开口一样突然。

“就这样！”她说道，“我跟你们说过了，我们不缺钱……但缺乏组织。我们需要的是组织！”

库特夫人叹了口气。

“我听我丈夫说过，做事情没有章法就什么事都做不成。他把他的成功完全归功于有条不紊。他说如果没有章法，他就永远不会出人头地。”

她又叹了口气。如果奥斯瓦德爵士没能出人头地，那又会怎样？她的眼前突然掠过这样一幅场景。他仍然保持着当初在自行车店干活时快乐的年轻人的特征。要是奥斯瓦德爵士不那么有条有理、按部就班，她的生活该有多开心啊。但也就是一会儿的工夫，她便打消了这个念头。

出于可以理解的原因，库特夫人转向邦德尔。

“告诉我，艾琳小姐，”她说道，“你喜欢你们家的那个园丁头儿吗？”

“麦克唐纳？嗯……”邦德尔迟疑了一下，想着该怎么措辞。

“谁都不会真正喜欢麦克唐纳的，”她歉意地解释道，“不过，他是一个一流的园丁。”

“噢！这个我知道。”库特夫人答道。

库特夫人嫉妒地看着邦德尔，显然麦克唐纳愿意听邦德尔的使唤。

“我非常喜欢高雅的花园。”伯爵夫人如梦呓般说道。

邦德尔瞪大了眼睛，静等伯爵夫人的下文，但这时吉米·塞西杰走了进来，冲她又急又怪地说道：

“哎，现在去看看那些版画好吗？好看着呢。”

邦德尔赶忙走出了客厅，吉米则紧跟在她的身后。

“什么版画？”她问道，随手关上了客厅的门。

“没有版画，”吉米答道，“我得找个借口把你叫出来。跟我来，比尔在藏书室等着呢。那儿没人。”

比尔在房间里踱来踱去，显得焦躁不安。

“听着，”他突然大声说道，“我不喜欢这样。”

“不喜欢哪样？”

“你卷进来。十有八九会是一场混乱，然后……”他的目光里透着一丝不忍，令她内心一阵温暖。

“她应该在一边待着，对不对，吉米？”他冲吉米恳求道。

“我早就跟她说了。”吉米答道。

“该死！邦德尔，我是说……可能会有人受伤。”

邦德尔转身问吉米：

“你跟他说了多少？”

“噢！全都说了。”

“我还没全搞明白，”比尔坦诚地说道，“搞不懂你说的七面钟俱乐部什么的。”他怏怏地看着她。“我说，邦德尔，真希望你不要。”

“不要什么？”

“不要插手这种事情。”

“为什么不？”邦德尔反问道，“多刺激呀。”

“噢，是……是刺激，但也可能非常危险。你瞧瞧可怜的罗尼。”

“哼，”邦德尔说道，“要不是因为你的朋友罗尼，我才不会像你说的卷进来呢。不过我已经卷进来了，再说什么废话也无济于事了。”

“我知道你天不怕地不怕，邦德尔，可是……”

“少来了。我们还是安排一下吧。”

比尔接受了她的提议，这让她颇感宽慰。

“你说的配方的事是对的，”他说道，“赫尔·埃伯哈德确实有个配方，或者说奥斯瓦德爵士掌握了什么配方。他的工厂已经对材料做过测试了……当然，一切都是秘密进行的。赫尔·埃伯哈德一直跟他在一起。此刻他们全都在书房里……正在谈实质性问题吧。”

“斯坦利·迪格比爵士会待多久？”吉米问道。

“明天就回城里。”

“哼，”吉米说道，“要我说，有一件事非常明显。如果斯坦利爵士要带配方走，那么，稀奇古怪的事就肯定是在今晚发生了。”

“我想也是。”

“肯定是。这样我们关注的范围就小得多了。我们绝不能放过任何蛛丝马迹。首先，今天晚上那个神秘的配方会在谁的身上？是赫尔·埃伯哈德，还是奥斯瓦德爵士？”

“都不会。依我看，今天晚上配方就会交到航空部长手里，明天他再带进城。这么一来，配方就会落到奥罗克手里。肯定是这样。”

“哦，那么就只有一件事可干了。如果认定有人要偷配方，今天晚上我们可就得多加留神了，比尔老弟。”

邦德尔张了张嘴似乎想表示异议，但她又把嘴边的话咽下去了。

“对了，”吉米接着说道，“今天晚上我在大厅打招呼的那个人，是从哈罗斯来的华生，还是苏格兰场的老朋友雷斯垂德[①]？”

“说起话来妙语连珠，怕是华生。”比尔答道。

“我们大概有些冒犯了，”吉米揣测道。

---

①华生和雷斯垂德是福尔摩斯故事里的经典人物，是“助手”的代名词。

“也顾不得那么多了，”比尔说道，“好歹我们要把事情弄个水落石出。”

“那就这样吧，”吉米说道，“我们两个轮流值夜？”

邦德尔又张了张嘴，但又一次忍住没有说话。

“好的，”比尔表示赞同，“谁守上半夜？”

“要不抛硬币吧？”

“也好。”

“好的，那我抛了。正面朝上的话你守上半夜，我守下半夜。背面朝上的话就相反。”

比尔点了点头。硬币在空中翻了几个跟头落下。吉米弯腰查看。

“是背面。”他说道。

“真该死，”比尔说道，“你是上半夜，要出事的话，最有可能是在上半夜。”

“这可难说，”吉米答道，“罪犯往往是捉摸不定的。我什么时候叫醒你？三点钟？”

“这还算公平。”

这时，邦德尔终于开口了。

“那我呢？”她问道。

“没你的事，你上床放心睡觉好了。”

“啊！”邦德尔说道，“那太没劲了。”

“这可不好说，”吉米呵呵地说道，“没准你会在睡梦中被人干掉，而我和比尔却平安无事。”

“唉，这种可能性也是有的。你知道吗，吉米，我一点也不喜欢伯爵夫人的那副腔调。我觉得她很可疑。”

“胡说，”比尔叫道，“她绝对没问题。”

“你怎么知道？”邦德尔反驳道。

“因为我确实知道。匈牙利大使馆有人做担保。”

“哦！”邦德尔被他的激烈情绪吓了一跳。

“你们女孩子都是一副德性，”比尔嘟囔着说道，“还不就是因为人家长得漂亮……”

邦德尔见惯了男人的这种偏见。

“得啦，你还是向她去倾诉自己的知心话吧。”她说道，“我睡觉去了。这个客厅无聊透了，我不回去了。”

她转身离开了藏书室。比尔看着吉米。

“邦德尔真是好样的，”他说道，“刚才我还在担心说服不了她，凡事她都喜欢较真。她能接受真是太棒了。”

“我也这么觉得，”吉米说道，“真让我吃惊。”

“讲道理，我是说邦德尔。她明白什么时候不该做什么事。嗨，我们是不是该准备一样厉害的武器？做这种事的人一般都带家伙的。”

“我有一把枪管烤蓝的自动手枪，”吉米有些得意地说道，“有好几磅重，厉害得很。到时候我借给你。”

比尔看着他，艳羡不已。

“你怎么想到要带这玩意儿？”他问道。

“我也说不上来，”吉米漫不经心地说道，“碰巧就想到了。”

“希望我们不要杀错了人。”比尔不安地说道。

“要是那样就太糟了。”塞西杰先生脸色凝重地说道。

第十八章 吉米的冒险

接下来我们将分三条线来叙述。这一夜将被证明是一个多事之夜，三个当事人分别从各自的角度目睹了发生的一切。

我们先从那个开心快活、讨人喜欢的年轻人吉米·塞西杰先生跟他的同谋比尔·埃弗斯利互道晚安的那一刻说起。

“别忘了，”比尔说道，“凌晨三点钟叫醒我——到时你还活着的话。”他乐呵呵地补充了一句。

“说不定我是头蠢驴，”吉米说道，他恨恨地想起了邦德尔告诉他的别人对他的评价，“但我并不像看上去那么蠢。”

“这也是你对格里·韦德的评价吧，”比尔慢吞吞地说道，“还记得吗？就在那天晚上他……”

“闭嘴，你这该死的笨蛋，”吉米说道，“你会说话吗？”

“当然会啦，”比尔答道，“我可是个外交新秀，所有的外交官都很会说话。”

“哇！”吉米挖苦道，“那你一定还处在所谓的幼虫期。”

“邦德尔还真让我搞不懂，”比尔突然又扯回原来的话题，“我以前肯定说过，她……呃……很难缠吧。邦德尔是有长进了，而且是明显的长进。”

“你的顶头上司经常这么说吧，”吉米说道，“他说他很惊喜。”

“我倒觉得邦德尔有点过分讨好了，”比尔说，“不过老鳕鱼是个大笨蛋，他什么都信。好啦，晚安。到点了一定要叫醒我啊……可别忘了。”

“不过你可不要步格里·韦德的后尘，否则再怎么叫你也是枉然。”吉米不怀好意地说道。

比尔用责备的眼神看着他。

“干嘛说这种话，叫人浑身不自在。”

“好啦，一报还一报，”吉米说，“去睡觉吧。”

但比尔并没有马上离开。他浑身不自在地站在那里，晃动着身体。

“听我说。”他说道。

“什么？”

“我想说……呃……我希望你平安无事，还有整件事都是胡闹，可我一想到可怜的格里……还有可怜的罗尼……”

吉米生气了，瞪着他。毫无疑问，比尔是好心，但结果却适得其反。

“看来，”他说道，“我得把真家伙掏出来让你看看。”

他把手伸进刚刚换上的深蓝色西装口袋，掏出一样东西给比尔看。

“货真价实的枪管烤蓝自动手枪。”他面露得意之色。

“哦，我说，”比尔说道，“是真的吗？”

毫无疑问，他被镇住了。

“我的仆人史蒂文斯帮我弄的。他办事向来干脆利落。只要扣下扳机，其他的交给这家伙就行了。”

“噢！”比尔说道，“我说，吉米……”

“什么事？”

“一定要小心，可别对着人乱打，要是打中了梦游的迪格比老兄就惨了。”

“好的，”吉米说道，“不过，既然我买了枪，自然想发挥它的作用，我尽量克制吧。”

“好啦，晚安！”这是比尔第十四次道晚安了，说完他终于离开了。

吉米独自一人留下来守夜。

斯坦利·迪格比爵士住在西边最里面的一个房间，房间的一边是一间浴室，另一边是一道门，可以通往特伦斯·奥罗克的那个小房间。这三个房间的房门都朝向一段不长的走廊。守夜并不难，就在这条走廊与主走廊的连接处有一个橡木柜子，这个柜子投下了一片阴影，而阴影当中有一把不起眼的椅子。这是一个完美的“哨位”。通往西边再没有别的路线，任何进出的人都躲不过吉米的眼睛。那里还有一盏电灯。

吉米舒舒服服地坐在那把椅子上，跷着腿，利奥波德自动手枪则搁在膝盖上，随手就可以举枪射击。

他看了一眼手表，还差二十分钟就一点钟了——离大家各自回房休息才过了差不多一个小时。四周一片寂静，只有远处传来的某只钟的滴答声。

不知怎的，吉米不喜欢听到那嘀答作响的钟声。这声音勾起了吉米的回忆。格里·韦德——还有壁炉架上的那七个滴答作响的闹钟……是谁把它们放在那儿的？为什么？他不由得一阵战栗。

这样的等待令人不安。此时，他觉得招魂术或通灵术并没有什么神奇的。坐在阴暗的角落，每个人都会精神紧张——任何一点小声响都会让人惊跳起来，紧接着脑海里会涌现出许许多多阴暗的杂念。

罗尼·德弗卢！还有格里·韦德！两个都是年轻人，朝气蓬勃、普普通通、无忧无虑、身心健全。可如今，他们身在何处？都在阴冷的泥土里……喂蚯蚓……呸！为什么老是想这些可怕的事情！

他又看了一次表，才一点二十。时间过得可真慢。

他心想，邦德尔真是不同凡响！竟然单枪匹马勇闯七面钟俱乐部。为什么他就没有那份胆识？也许是这件事本身就太过离奇了吧。

还有七点钟。七点钟究竟是谁？此时此刻是不是也在这里？化装成一个仆人？他肯定不是某个客人。不，这不可能。要是这样，就说不通了。但如果他不相信邦德尔说的基本属实——那么，难道所有的事情都是她凭空捏造出来的？

他打了个哈欠。太难受了，他渐渐有了睡意，但同时神经又绷得紧紧的。他又看了看表，差十分两点。时间还在往前走。

就在这时，突然，他屏住呼吸，身子往前倾了倾，侧耳聆听起来。似乎有什么声响。

又过了几分钟……又有一丝声响。是一块木板发出的咯吱声……是从楼下某个地方传来的。接着又响了一下！很轻微的咯吱声。有人在屋子里蹑手蹑脚地走动。

吉米悄无声息地从椅子上一跃而起。他悄悄走近楼梯口。周围似乎静悄悄的，但他确信听见了蹑手蹑脚的脚步声，不是幻觉。

他小心翼翼地走下楼梯，几乎没有发出声响，右手紧紧地握着那把手枪。大厅里一点声音也没有。他觉得那些轻微的响动是从哨位的正下方发出的。如果他的判断没错，那么就一定是藏书室。

吉米悄悄地摸到藏书室的门前，侧耳听了一会儿，却什么也没听见。然后，他猛地一推门，打开了屋里的灯。

什么也没有！整个房间一片通明，空荡荡的。

吉米皱起了眉头。

“我可以发誓……”他喃喃地自语道。

藏书室面积不小，有三个窗户朝向露台。吉米朝窗户快步走去，发现当中的那扇窗户没有插上插销。

他打开窗户跨到露台，四下看了看，什么也没有！

“看来没事，”他喃喃地自语道，“可是……”

他茫然了一会儿，然后又回到藏书室，穿过房间走到门口，把门锁上，再把钥匙放进口袋，然后把灯关掉。他静静地站着，侧耳倾听了一会儿，然后又轻手轻脚地走到那扇开着的窗户跟前，手里紧握着那把手枪。

轻微的脚步声是从露台传来的吗？不——是他的幻觉。他紧紧地攥着手枪，站在那儿侧耳倾听……

远处传来两声报时的声音。

第十九章 邦德尔的冒险

邦德尔·布伦特是个足智多谋的女孩，而且想象力丰富。她早就知道比尔或者吉米会反对她参加晚上可能有危险的行动。邦德尔不想把时间浪费在争辩之上，她已经作出了自己的计划和安排。就在吃晚餐之前，她从卧室窗户向外瞥了一眼，这一瞥令她很满意。她早就知道在双足飞龙教堂灰色的外墙上爬满了常春藤，而她所处房间外的常青藤尤其牢固。对她这样的运动好手来说，攀爬不会有丝毫的障碍。

目前来看，对于比尔和吉米的安排，她还找不到任何瑕疵。不过她觉得他们这么做还不够。但她没有把这话说出来，而是打算亲自去处理。总的来说，既然吉米和比尔关注里面，那么邦德尔就把注意力放在外面。

她欣然接受了比尔和吉米指派给她的无足轻重的角色，但话虽这么说，她还是有些瞧不起这两个大男人，纳闷他们怎么这么容易被糊弄。比尔嘛，从来就没有人觉得他脑子特别聪明，但他至少了解邦德尔的为人，或者说应该了解。而吉米·塞西杰虽然跟她不是很熟，但也不至于蠢到以为她这么容易就可以被打发。

一回到自己的房间，邦德尔便迅速开始行动。首先，她把晚礼服和其他一些服饰脱掉，然后，这么说吧，她又从胸衣开始穿起。邦德尔没有把自己的女仆带来，所以这身装扮完全得靠自己。要不然，那个不了解情况的法国女仆可能会奇怪，纳闷她为什么带了马裤却没有带别的骑马用的东西。

穿好马裤、胶底运动鞋和一件深色的套衫，邦德尔做好了应付不测的准备。她看了看时间，才十二点半，还太早。不管会发生什么事，也得再过一段时间，得等到所有的人都睡着才行。邦德尔把行动时间设定在一点半。

她关掉灯，在窗户旁坐下来耐心地等着。一点半一到，她便站起身来，推开窗子，一条腿跨过了窗台。这是一个不错的夜晚，空气凉凉的，四周一片寂静，有星光但没有月亮。

她很轻易就爬下来了。小时候邦德尔就喜欢和她的两个姐妹在烟囱别墅的花园里乱跑乱闹，攀爬起来都像猫儿一样灵巧。邦德尔来到一个花坛旁，稍微有点气喘吁吁，不过哪儿也没伤着。

她停下来思忖了一会儿。她知道航空部长和他的秘书住在西边，也就是邦德尔现在站的位置的对面。房子的南边和西边之间有一个露台，这个露台延伸到一个有围墙围着的果园边。

邦德尔悄悄地从花坛走出来，拐过墙角，到了南端那个露台起始的位置。她悄无声息地顺着露台往前走，身子隐藏在屋子投下的阴影里。但当她走到第二个拐角时，吓了一跳。她发现有个人正站在那里，显然想截住她的去路。

她立刻就认出了他。

“巴特尔警司！您把我吓坏了！”

“要的就是这个效果。”警司乐呵呵地说道。

邦德尔打量着他。和前几次一样，这一次她又吃惊地发现他几乎没有多少伪装。他身材魁梧壮实，很容易引起别人的注意。不知为什么，他英国人的味道十足，但有一点邦德尔十分肯定，那就是巴特尔警司绝对不是傻瓜。

“您为什么在这儿？”她压低了嗓音问道。

“只是来看看，”巴特尔答道，“是不是有不该来的人来。”

“噢！”邦德尔听了大吃一惊。

“比如说你，艾琳小姐。我想你大概不常在这个时候出来散步吧。”

“您的意思是，”邦德尔吞吞吐吐地说道，“要我回去？”

巴特尔警司肯定地点了点头。

“你很聪明，艾琳小姐。正是这个意思。你是……呃……从房门出来的，还是翻窗户出来的？”

“窗户。顺着那根常春藤爬下来不费什么事儿。”

巴特尔警司若有所思地抬头看了看那根常春藤。

“嗯，”他答道，“应该不难。”

“您要我回去？”邦德尔问道，“我可不想回去，我还想到西边的露台上走走。”

“也许这么想的人不只你一个。”巴特尔答道。

“您在这儿，没有人看不到的。”邦德尔有些怨恨地说道。

一听此话，警司反倒有点高兴。

“我希望他们不会看不到，”他答道，“免得不愉快。这是我的座右铭。对不起，艾琳小姐，我想你该回去睡觉了。”

他说得很坚定，没有一丝商量的余地。邦德尔怏怏地转身往回走。当她顺着常春藤爬到一半时，脑子里突然闪过一个念头，手一松差点儿摔了下去。

难道巴特尔警司在怀疑她？

好像是这么回事——没错，他那副样子有点儿像是针对自己。她继续往上爬，跨过窗台回到自己的房间，她不禁笑了起来。真想不到那个实心眼的警司竟然会怀疑她！

虽然邦德尔服从了巴特尔的命令回到自己的房间，但她根本就不想上床去睡觉。而且，她也不认为巴特尔真的希望她那么做。他可不是一个对不可能发生的事情空抱幻想的人。况且，在有可能发生紧张刺激的事情时，要邦德尔老老实实地待在一边袖手旁观，这完全办不到。

她瞥了一眼手表，差十分两点。她犹豫了一会儿，小心翼翼地打开房门。一点声音也没有，四周一片寂静。她蹑手蹑脚地沿着走廊往前走去。

她停了一下，好像听见某处的地板发出了咯吱声，但随后她确信是自己听错了，于是又接着往前走。此刻她来到了主走廊，打算转去西边。当她来到西边走廊和主走廊的接合处时，她小心地四下瞅了瞅，目瞪口呆。

监视哨位上空无一人。吉米·塞西杰不在那儿。

邦德尔一头雾水。出了什么事？为什么吉米擅离职守？这意味着什么？

就在这时，她听见一只钟敲了两下。

她仍然一动不动地站着，琢磨下一步该怎么办才好。这时她的心猛然一动，身子几乎要跳起来了。

特伦斯·奥罗克房间的门把手正在缓缓地转动着。

邦德尔目不转睛，看得入了神。但是房门并没有打开，相反，门把手又缓缓地转回到原来的位置。这意味着什么？

突然，邦德尔拿定了主意。

吉米为什么不在监视的位置？她必须找到比尔。

邦德尔迅速地沿原路返回，几乎没有发出声响。此时她也顾不上什么礼貌，一头闯进了比尔的房间。

“比尔，快醒醒！哎，快起来！”

她压低嗓音急切地喊道，但没有听到丝毫反应。

“比尔！”邦德尔低声叫道。

她不耐烦地打开了灯，一下子目瞪口呆。

房间里没人，里面的床也根本没有人睡过。

比尔到哪儿去了？

突然，她松了口气。这不是比尔的房间。椅子上搭着一件考究的长睡衣，梳妆台上摆放着女人用的一些小饰件，另一把椅子上胡乱地堆着一件黑色丝绒晚礼服——原来，匆忙之中她走错了门。这是拉兹基伯爵夫人的房间。

可是伯爵夫人又到哪儿去了？

就在邦德尔百思不得其解之时，夜晚的寂静突然被打破了。

下面传来一阵乱哄哄的声音。邦德尔立即从伯爵夫人的房间冲出来，直奔楼梯跑下去。声音是从藏书室传出来的——是打翻椅子发出的撞击声。

邦德尔咚咚地敲打着房门，不过没用。门被锁上了。但她能清楚地听见里面传来搏斗声——气喘吁吁的扭打声，粗野的咒骂声，偶尔还听见被顺手抄起当做武器的轻便家具发出的撞击声。

随后一连传来两声枪响，清脆、不祥的枪声彻底打破了夜晚的宁静。

第二十章 洛兰的冒险

洛兰·韦德从床上坐起来打开了灯，此时正好差十分一点。九点半她就早早上床睡了。幸亏她有一项很有用的本事，能够想什么时候醒来就一定会醒来，所以她能够尽情地享受几个小时的好觉。

还有两条狗跟她一起睡在房间里，此时其中一条抬起头来，眼里露出探询的神情。

“安静，勒切尔。”听洛兰这么一说，那条大狗就乖乖地垂下头来，眯起双眼看着她。

邦德尔确实曾经怀疑过洛兰·韦德的顺从，但那短暂的怀疑很快就过去了。洛兰表现得十分通情达理，情愿置身事外。

然而，如果你细细打量这个女孩子的脸，你就会发现她那小巧的下巴和紧闭的双唇流露出一种不达目的誓不罢休的坚强意志。

洛兰下了床，穿上一套花呢衣裙，然后把一只手电筒放进上衣的口袋里。接着，她拉开梳妆台的抽屉，拿出一把象牙手柄的小手枪——外表看上去就像是一把玩具手枪，是前一天她在哈罗斯买的。

她很喜欢这把枪。

她最后扫视了一遍房间，看是不是忘记了什么。这时，那条大狗站起来朝她走来，摇着尾巴，以乞求的目光抬头看着她。

洛兰摇了摇头。

“不行，勒切尔。不能去，我不能带你去。你得待在这儿，乖！”

她俯身吻了吻大狗的脑袋，命令它躺回到地毯上，然后悄无声息地溜出房门，顺手又把门关上。

她从一个边门走到车库，跨进早已经准备好的那辆双座跑车。车库前是一个斜坡，她让汽车静静地滑下去，直到离房子有一段距离才发动引擎。然后她看了看手表，踩下了油门。

她把汽车停在一个早就观察好的隐蔽处。那一段的篱笆上有一个缺口，她很容易就可以钻进去。几分钟之后，身上沾了些泥巴的洛兰就已经站在双足飞龙教堂的庭院里。

她尽可能不声不响地朝那幢庄严的爬满常春藤的建筑走去。远处的报时钟传来两声响动。

接近露台时，洛兰的心跳得越来越快了。附近没有人，一片死寂，一切似乎很宁静。她上了露台，站在那儿，四下看了看。

突然，冷不防有一样东西从天而降，扑通一声差点砸在了她的脚上。洛兰俯身把它捡起来，是一个棕色的纸包，包得很松。洛兰把它拿在手里，抬头向上看去。

在她的头顶上是一扇敞开的窗户，她看到有一条腿跨出窗台，然后一个人顺着常春藤往下爬。

洛兰没有迟疑，手里紧紧攥住那个棕色的纸包，拔腿就跑。

她的身后突然响起打斗声。一个粗哑的声音叫道：“放开我！”另一个声音她很熟悉：“先告诉我是怎么回事……嗯，你说还是不说？”

洛兰仍然一个劲地跑着，简直是惊慌失措地乱跑。刚跑到露台的拐角处，她就一头栽进了一个身材魁梧、体格强壮的男人的怀里。

“别怕，别怕。”巴特尔警司和蔼地说道。

洛兰挣扎着叫道：

“噢，快……噢，快！他们打起来了。噢，赶快！”

只听见一声尖厉的枪响——接着又是一声。

巴特尔警司抬腿便跑，洛兰紧跟其后。他们绕回露台的拐角，直奔藏书室窗外。窗户大开着。

巴特尔弯下腰，打开了手电筒。洛兰紧贴在他身后，抬眼从他的肩膀朝前望去，她发出了一声抽噎。

只见吉米·塞西杰倒在窗槛上，身子下好像是一摊血。他的右臂垂下来，姿势很奇怪。

洛兰尖叫了一声。

“他死了，”她哀号道，“噢，吉米……吉米……他死了！”

“好了，好了，”巴特尔警司安慰道，“别大哭小叫了。这个年轻人没死，我敢肯定。你去找找有没有开关，把灯打开。”

洛兰照办了。她跌跌撞撞地走到门边找到了开关，打开了灯，房间里顿时一片明亮。巴特尔警司松了一口气。

“没事……只是右臂中抢，失血过多昏过去了。过来帮我一下。”

这时门外传来重重的敲门声，还夹杂着七嘴八舌的探问声、劝诫声和质问声。

洛兰看着房门，不知如何是好。

“我要不要……”

“别急，”巴特尔说道，“等下再让他们进来。你先过来帮我一下。”

洛兰顺从地走过来。警司掏出一块干净的大手帕，麻利地给吉米包扎手臂。洛兰在一旁帮忙。

“他不会有事的，”警司说道，“不用担心。这些年轻人命长着呢，就跟九命猫一样。也不是因为失血过多昏过去的，一定是摔倒时碰到了头。”

外面的敲门声越来越响。乔治·洛马克斯扯着嗓门，高声叫道：

“谁在里面？马上开门！”

巴特尔警司叹了口气。

“看来不开门是不行了，”他说道，“真遗憾。”

他飞快地四下扫了一眼，查看四周的情况。

吉米的身旁有一把自动手枪。警司小心翼翼地把它捡起来，仔细地检视了一番。他嘀咕了一句，把枪放在桌子上。接着他走到对面把门打开了。

一下子有好几个人拥进房间。大家几乎异口同声。气急败坏的乔治·洛马克斯结结巴巴地问道：

“这……这……这是怎么回事？啊！是你，警司。出了什么事？我说……出……出了什么事？”

比尔·埃弗斯利只说了一句：“天哪！吉米老弟！”然后瞪大了眼睛，无言地盯着瘫软在地的躯体。

身穿紫色华丽晨衣的库特夫人叫道：“可怜的孩子！”然后快步从巴特尔警司身旁走过去，像母亲般地俯身蹲下来，查看倒在地上的吉米。

邦德尔说了一句：“洛兰！”

赫尔·埃伯哈德先生用德语说道：“天哪！”然后又嘟囔了几句。

斯坦利·迪格比爵士叫道：“天哪，这是怎么回事？”

一个女仆说了一句：“看，那儿有血！”然后激动地尖叫起来。

一个听差叫道："天哪！"

管家说道："好了，别在这里凑热闹！"然后挥挥手把仆人们赶跑了，他的样子比几分钟之前要勇敢得多。

能干的鲁珀特·贝特曼先生对乔治说道："要不要把这些人支走，先生？"

接着，所有的人都换了一种语气。

"真是不可思议！"乔治·洛马克斯说道，"巴特尔，究竟怎么回事？"

巴特尔看了他一眼，乔治这才恢复了往常的谨慎。

"好了，"他一边朝门口走去，一边说道，"大家都请回去休息吧。只是……呃……小意外。"巴特尔警司轻松地接了一句，"一点……呃……一点小意外。要是大家都回去休息，我将不胜感激。"

显然没有人愿意离开。

"库特夫人……请……"

"可怜的孩子。"库特夫人以慈母的口吻说道。

她很不情愿地站了起来。就在这时，吉米动了动，坐了起来。

"哎呀！"他迷迷糊糊地咕哝道，"怎么啦？"

他茫然地四下看了一会儿，眼神不再呆滞了。

"抓到他了吗？"他急切地问道。

"抓到谁？"

"那个人，顺着常春藤爬下去的那个人。当时我在窗子那边揪住了他，然后就打起来……"

"可恶的飞贼，"库特夫人说道，"可怜的孩子。"

吉米环顾四周。

"哎呀……恐怕……呃……把这里搞得一团糟了。那家伙力大如牛，我们扭来扭去在房间里转了好几圈。”

他说的显然没错，房间里十二英尺范围内所有轻便、易碎的东西都被打碎了。

“后来呢？”

此时吉米只顾着四下巡视，像是在找东西。

“我的利奥波特呢？那把枪管烤蓝的自动手枪呢？”

巴特尔指了指桌上的手枪。

“是你的吗，塞西杰先生？”

“对。是我的利奥波特。开了几枪？”

“一枪。”

吉米显得很懊恼。

“利奥波特太让我失望了，”他咕哝道，“可能是我扣扳机扣得不对，照道理它应该连续发射。”

“谁先开的枪？”

“恐怕是我，”吉米答道，“当时那个家伙突然从我手里挣脱了，我见他想跳窗逃跑，于是就扣了扳机。他跨过窗户时转身也朝我开枪……唉，看来我还是输了。”

他遗憾地摸了摸脑袋。

斯坦利·迪格比爵士突然警觉了起来。

“他是爬常春藤逃走的？天哪，洛马克斯，他们该不会偷走了……”

他冲了出去。不知为什么，大家都没有开口说话。几分钟之后，斯坦利爵士回来了。他胖嘟嘟的圆脸上一片惨白。

“我的天哪，巴特尔，”他说道，“被他们偷走了。奥罗克睡得死死的……多半被下了药。我叫不醒他。那些文件不见了。”

第二十一章 配方失而复得

“我的天啊！”赫尔·埃伯哈德先生用德语低声叫道。

他已经面如土色。

乔治转向巴特尔，一脸责备。

“是真的吗，巴特尔？我可是让你全权负责的呀。”

警司那稳如泰山的品格此时表露无遗，他脸上的肌肉纹丝不动。

“好马也有失蹄的时候，先生。”他平静地说道。

“那么你是说……你的意思是……文件真的丢了？”

但是，出乎所有人的意料，巴特尔摇了摇头。

“不，不，洛马克斯先生，没你想的那么糟。一切都很好。不过这可不是我的功劳，你得谢谢这位小姐。”

他指了指洛兰，洛兰则吃惊地注视着他。巴特尔朝她走去，轻轻取下她仍然死死攥在手里的那个棕色纸包。

“洛马克斯先生，我想，”他说道，“这里面有你想要的东西。”

斯坦利·迪格比爵士的手脚比乔治还快，他一把抓过纸包撕开，急不可待地查看。之后，他如释重负地松了口气，双眉也舒展开来。埃伯哈德猛地一把夺过来，把他冥思苦想弄出来的东西紧紧地贴在胸口，嘴里吐出一串德语。

迪格比爵士转向洛兰，热情地握住了她的手。

“亲爱的小姐，”他说道，“谢谢你，太谢谢你了。”

“是，衷心感谢，”乔治开口说道，“不过我……呃……”

他有些迷惑地顿了顿，瞪大眼睛看着这位完全陌生的年轻小姐。洛兰求助地看着吉米，于是吉米走上前来作了介绍。

“哦……这位是韦德小组，”吉米说道，“格里·韦德的妹妹。”

“真的，”乔治热情地和她握手，“亲爱的韦德小姐，我必须向你表示衷心的感激。只是抱歉，我不太明白……”

他有意顿了顿，但在场的四个人觉得要解释清楚不是那么容易。幸亏巴特尔警司解了围。

“也许等会儿再谈比较好，先生。”他机智地提议道。

效率向来很高的贝特曼先生更是岔开了话题。

“是不是要派个人去照顾一下奥罗克？先生，您不觉得要请个医生来吗？”

“当然要请，”乔治赶忙答道，“当然要请。真是太粗心了，怎么没早点想到呢？”他看了看比尔。“快去给卡特赖特医生打电话，请他过来。另外暗示一下，如果可能的话……呃……叫他不要声张。”

比尔依言离开了房间。

“我跟你一起上楼去，迪格比，”乔治说道，“也许能做些什么……也许该采取一些措施……同时等待医生过来。”

他有些茫然地看着鲁珀特·贝特曼。是金子总有发光的时候，此刻真正驾驭局面的正是黑猩猩。

“要我跟您一块儿上去吗，先生？”

乔治接受了他的提议，同时大大地松了口气。他觉得这是一个他可以信赖的人。他体验到了对贝特曼先生办事能力完全信赖的感觉，凡是接触过这位优秀年轻人的人都会有这种感觉。

于是，三个人一同走出房间。库特夫人充满感情地小声咕哝了一句：“可怜的孩子，也许我可以做点什么……”然后也匆匆地跟了出去。

“真是个慈母心肠的女人，”警司若有所思地说道，“很有母爱。我在想……”

其他三个人好奇地看着他。

“我在想，”巴特尔警司慢条斯理地说道，“奥斯瓦德·库特爵士会在哪里。”

“噢！”洛兰倒吸了一口凉气，“您觉得他被人谋害了？”

巴特尔不无责备地冲她摇了摇头。

“没那么夸张，”他说道，“不……我倒觉得……”

他话说了半截又停住了，歪了歪脑袋，竖起耳朵倾听，同时举起大手示意大家安静。

旋即，大家都听到了——外面露台上传来的由远及近的脚步声。脚步声很清晰，走路的人丝毫没有怕人听见的意思。紧接着，窗口出现了一个块头很大的身影，那个大个子停住了脚步，站在那儿凝视着他们，给人一种奇怪的居高临下的感觉。

此人正是奥斯瓦德爵士，他的目光慢慢地从一个人移向另一个人，锐利的眼神不放过一丝细节。吉米的手臂做了简单的包扎；邦德尔的装扮一反常态；还有一个不认识的洛兰。他的目光最后落在了巴特尔的身上。他声音清脆响亮地说道：

“出什么事了，警官？”

“盗窃未遂，先生。”

“未遂……啊？”

“多亏了这位年轻的小姐，韦德小姐，小偷才没把它偷走。”

“啊！”他又叫了一句，审视才告结束。

“那么，警官，这个该怎么解释？”

他亮出一把小巧的毛瑟手枪，一只手小心翼翼地捏住了枪柄。

“您是在哪儿找到的，奥斯瓦德爵士？”

“在外面的草坪上。肯定是某个小偷在逃跑时掉下的。我很小心地把它拿来了，希望你检查一下上面有没有指纹。”

“您想得真周到，奥斯瓦德爵士。”巴特尔说道。

他同样很小心地接过那把手枪，然后把它放在桌子上——就放在吉米的柯尔特式自动手枪旁边。

“好了，如果你愿意的话，”奥斯瓦德爵士说道，“我想听听事情的经过。”

巴特尔警司简单叙述了前后经过。奥斯瓦德爵士若有所思地皱起了眉头。

“我明白了，”他厉声说道，“打伤塞西杰先生之后，那个人拔腿就跑，跑的时候又把枪扔掉。我不明白的是为什么没有人去追。”

“我们是听了塞西杰先生的讲述之后才知道有人逃跑。”巴特尔警司冷冷地说道。

“你没有……呃……在绕过露台拐角时……没有瞧见有人逃跑？”

“没有，我大概慢了四十秒钟。今天晚上没有月亮，他一离开露台就看不见了。他肯定是一开完枪就跳下去逃走了。”

“嗯，”奥斯瓦德爵士说道，“我还是觉得应该安排人手去搜查一下。应该有人站岗……”

“庭院里有我三个手下。”警司平静地说道。

“噢！”奥斯瓦德爵士似乎有点吃惊。

“我吩咐他们一定要逮住任何想逃离庭院的人。”

“可是……他们还没有逮到？”

“还没有逮到。”巴特尔面色凝重地表示肯定。

奥斯瓦德爵士看着他，好像觉得巴特尔话里有话。他厉声说道：

“你没有对我有所隐瞒吧，巴特尔警司？”

“我说的全是实情，奥斯瓦德爵士。不过我心里想的是另外一码事。我有一些古怪的想法……不过在没有证实之前，说出来也没有用。”

“可是，”奥斯瓦德爵士慢条斯理地说道，“我很想知道你是怎么想的，巴特尔警司。”

“首先，先生，这儿的常春藤太多了……对不起，先生，您的外套上就有一些……没错，实在是太多了。这让事情变得复杂。”

奥斯瓦德爵士瞪着他，正琢磨着该怎么回答，这时贝特曼先生进来了。

“噢，您在这儿呀，奥斯瓦德爵士。见到您真高兴。库特夫人刚刚才发现您不见了……而且她坚持说您肯定是被飞贼杀害了。奥斯瓦德爵士，我真的认为您最好马上去见见她。她都快急死了。”

“玛丽亚真是个不可思议的蠢女人，”奥斯瓦德爵士说道，“我怎么会被谋害！带我去，贝特曼。”

他跟着他的秘书离开了房间。

“真是个非常能干的小伙子，”巴特尔看着他们的背影说道，“他叫什么……贝特曼？”

吉米点了点头。

“鲁珀特·贝特曼，”他说道，“大家都叫他黑猩猩。我以前和他是同学。”

“是吗？有意思，塞西杰先生。以前你怎么看他？”

“哦，以前他就是一头蠢驴。”

“我倒真没想到以前他是一头蠢驴。”巴特尔客气地说道。

“噢，您明白我的意思。他当然并不蠢，脑子好得很呢，而且读书用功刻苦。但就是认真得要命，一点幽默感都没有。”

“啊！”巴特尔警司答道，“真遗憾，缺乏幽默感的人往往太把自己当回事……而且会埋下祸根。”

“很难想象黑猩猩会闯祸，”吉米说道，“目前为止他一直混得相当好……深得老库特的器重，看来会一辈子当他的秘书。”

“巴特尔警司！”邦德尔唤道。

“什么事，艾琳小姐？”

“奥斯瓦德爵士没有说起过深更半夜他为什么在花园里闲逛，您不觉得奇怪吗？”

“哦！”巴特尔答道，“他是个大人物……大人物总是很精明，是不会主动解释的——动不动就解释或找借口向来就是软弱的表现。奥斯瓦德爵士明白，我也明白。他怎么会过来解释和道歉呢——那就不是他了。他只会大摇大摆地走进来责备我一顿。奥斯瓦德爵士，他是个大人物。”

警司这番话充满了钦佩之情，于是邦德尔也就不再往下说了。

“好了，”巴特尔警司目光炯炯地四下扫了一眼，“既然大家都是朋友……我想请韦德小姐解释一下，为什么不早不晚恰恰在那个时候出现在现场。”

“她应该羞愧才对，”吉米说，“把我们都耍了。”

“为什么我就该袖手旁观？”洛兰激动地叫道，“从一开始我就不想……那天在你家，你们俩要我最好是乖乖地待在家里远离危险，当时我虽然什么都没说，但已经打定了主意。”

“我当时就半信半疑，”邦德尔说道，“你顺从得出奇。我早该知道你下定决心了。”

“我还以为你很讲道理。”吉米·塞西杰说。

“你竟会这么想，亲爱的吉米，”洛兰说道，“要骗你真是太容易了。”

“谢谢你抬举，”吉米说道，“接着说吧，别介意我。”

“当你打电话跟我说可能有危险时，我就越发下定了决心，”洛兰继续说道，“我去哈罗斯买了一把手枪。瞧。”

她掏出了那把精致的武器，巴特尔警司从她手里接过来，仔细地看了看。

“真是一个小得要命的玩意儿，韦德小姐，”他说道，“你拿它……呃……练过枪法吗？”

“一次也没有，”洛兰答道。“不过要是带在身上……嗯，它会给我安全感。”

“说得没错。”巴特尔一本正经地说道。

“我是想到这里来看看会发生什么事。我把车停在路边，翻过篱笆，爬上露台，正四下打量……扑通一声……有一样东西正好落在我的脚边，我就把它捡起来，然后瞧了瞧，想搞清楚是从什么地方掉下来的。然后，我就看到那个人顺着常春藤爬下来，于是我赶快跑开了。”

“正是这样，”巴特尔说，“对了，韦德小姐，你能不能描述一下那个人的长相？”

女孩摇了摇头。

“太暗了，看不清楚。我想他是个大个子……其他就不好说了。”

“现在轮到你了，塞西杰先生。”巴特尔转向他，“你跟他扭打过……能跟我说说吗？”

“他是个力大如牛的家伙……我只说得上这些。我掐住他的喉咙时，他还哑着嗓子吼了几声，好像是‘放开我，老爷’之类的话。”

“这么说是个没怎么读过书的人？”

“是的，我猜是吧。他说起话来像是没什么文化。”

“那个纸包我还是不太明白，”洛兰插嘴问道，“他干嘛要扔下来？是因为拿着它不方便往下爬吗？”

“不是，”巴特尔答道，“我的看法完全不同。韦德小姐，那个纸包是故意扔给你的……我相信是这样的。”

“给我？”

“应该说……扔给接应的人。”

“事情越搞越大了啊。”吉米说道。

“塞西杰先生，你进来时有没有开过灯？”

“开过。”

“里面是不是没人？”

“一个人也没有。”

“但是之前你听见了有人在这里走动？”

“没错。”

“然后，你在查看好窗户之后，又把灯关掉，再把门锁上？”

吉米点了点头。

巴特尔警司缓缓地环视四周，他的目光停在了书架旁的一扇西班牙皮革屏风之上。

他快步走上前去，朝屏风后瞧了瞧。

突然，他大叫了一声，三个年轻人赶忙围拢过来。

只见拉兹基伯爵夫人不省人事地蜷缩在地上。

第二十二章 拉兹基伯爵夫人的故事

伯爵夫人苏醒过来的过程跟吉米·塞西杰很不一样。不仅时间更长，而且要精彩得多。

“精彩”是邦德尔的说法。她一直在旁边热心地帮忙照料——主要是帮着浇冷水——伯爵夫人很快就有了反应，把那只苍白无力不知所措的小手从额头挪开，嘴里有气无力地呻吟着。

就在这时，打完电话请好医生的比尔匆匆忙忙地走进来，一进来就开始丢人现眼——在邦德尔看来。

他俯下身子守在伯爵夫人身旁，脸上满是焦虑和关心，嘴里冒出一连串的傻话：

“嗨，伯爵夫人，会好起来的，真的会好起来的。别说话，这样对您不好。好好躺着，您很快就会好的。您会完全恢复过来的。等您完全好了再说，别急，慢慢来。好好躺着，闭上眼睛，很快您就会记起来的。再喝口水。喝点白兰地，对了，来点白兰地。邦德尔，你不觉得来点白兰地……”

“看在老天的分儿上，比尔，让她静一静吧，”邦德尔恼火地说道，“她会没事的。”

然后她老练地用手指往伯爵夫人优雅的脸庞上弹了许多冷水。

伯爵夫人的身子往后缩了缩，坐了起来。她比刚才要清醒多了。

“啊！”她咕哝道，“我还活着。是，我还活着。”

“慢慢来，”比尔说道，“等您觉得好些了再说话。”

伯爵夫人稍微紧了紧身上那件非常透明的睡袍。

“我活过来了，”她咕哝道，“对，我又活过来了。”

她看了看围在自己身边的这几个人。在这些充满关切的面孔中，也许有一张让她看出了冷漠和无情，但不管怎样，她还是冲着那张明显带有异样情绪的脸笑了笑。

“哦，我的大个子英国人，”她非常温柔地说道，“别担心，我没事儿。”

“噢！确定吗？”比尔急切地问道。

“十分确定。”她冲他微微一笑，“我们匈牙利人，有着钢铁般的意志。”

比尔的脸上明显流露出如释重负的表情，但紧接着又浮现出一股痴痴的神情。邦德尔看在眼里，真想踢他一脚。

“喝点水吧。”她冷冷地说道。

伯爵夫人不想喝水。于是，吉米换了一种更体贴的语气，建议这位落难美女喝一杯鸡尾酒。伯爵夫人欣然接受。喝完鸡尾酒，她又四下打量一番，这一次目光有神多了。

“告诉我，发生什么事了？”她强烈地要求道。

“我们还指望您能告诉我们呢。”巴特尔警司说道。

伯爵夫人目光锐利地看着他，好像这才发现有这么一个一言不发的大个子。

“我去过你的房间，”邦德尔说道，“床上没有睡过人，而且你也不在。”

她没有说下去——只是用责备的目光看着伯爵夫人。伯爵夫人闭上眼睛，缓缓地点了点头。

“对了，对了，我全记起来了。噢，太可怕了！”她打了个哆嗦，“要我告诉你们吗？”

巴特尔警司说道：“如果您愿意的话。”

话音未落，比尔却说道：“要是您觉得没力气的话，您可以不说。”

伯爵夫人看了看巴特尔，又看了看比尔，最终警司眼中不动声色却非常锐利的目光占了上风。

“我睡不着，”伯爵夫人开口说道，“这幢房子……让我压抑。这么说吧，让我坐卧不安，就好像热锅上的蚂蚁。带着这种心情，要想好好睡觉是不可能的。我在房间里走来走去，还看了一会儿书。可是房间里的书也不是很有趣，我想下来找点更有意思的书看看。”

“这是很自然的事。”比尔说道。

“这是很常见的事，我相信。”巴特尔也说道。

“一想到这个，我就马上下楼了。整幢房子非常安静……”

“对不起，”警司插了一句，“您能不能告诉我当时是什么时间？”

“我从来就不知道时间。”伯爵夫人郑重地说道，接着又开始讲述她的遭遇，“整幢房子非常安静，连小老鼠跑动的声音都听得见，如果真有小老鼠的话。我从楼梯上走下来……脚步非常轻……”

“非常轻？”

“当然，我不想吵醒别人，”伯爵夫人不无责备地说道，“进来后我走到这个拐角，想在书架上找一本合适的书来读。”

"那自然是开了灯吧？"

"没有，我没开灯。我随身带了个小手电筒。借着小手电筒的光亮，我在书架上找书。"

"哦！"警司说道。

"突然，"伯爵夫人像在演戏一样接着说道，"我听见了声音，一个鬼鬼祟祟的声音，一个蹑手蹑脚的脚步声。我关掉手电筒，侧耳倾听。脚步声越来越近了……鬼鬼祟祟、令人恐怖的脚步声。我缩起身子躲在屏风的后面。又过了一分钟，门开了，灯也打开了。那人……那个小偷进了房间。"

"对，听我说……"塞西杰先生正要开口说话。

一只大脚踩了他一下，吉米明白了巴特尔警司的暗示，于是闭上了嘴。

"我差点被吓死了，"伯爵夫人接着说道，"我尽量不出声。那人站在那儿停了一会儿，听了听动静。然后，依然拖着那鬼鬼祟祟令人恐怖的脚步……"

吉米又一次张开嘴巴想提出异议，但又一次把嘴闭上了。

"……他走到窗户旁，朝外面张望了一下。在那儿他又停了一两分钟，然后又走了回来，把灯关掉，锁上了门。我吓坏了。黑灯瞎火的，他在这里蹑手蹑脚地到处走动。啊！真是太可怕了。要是他碰到我该怎么办啊！又过了一分钟，我听见他又摸到窗户边上，然后就没动静了。我想他也许从窗户出去了。又过了一会儿，我再也没有听见任何动静，我几乎肯定他已经从窗户出去了，真的。就在我准备打开手电找书的那一刹那……说时迟那时快……就出事了。"

"什么事？"

"哦！太可怕了……我永远……永远……也忘不了！两个男人在

拼死搏斗。哦，真是太可怕了！他们扭成一团，拽来拽去，周围的家具都被打碎了。我好像还听到了一声女人的尖叫……不过不是在里面，而是在房间外面的某个地方。那个罪犯嗓音粗哑，与其说他是在说话，还不如说是在哇哇乱叫。他一个劲地说'放开我……放开我'。另外一个是位绅士，说话的腔调一听就知道是个文雅的英国人。"

吉米显得很得意。

"他主要是……动口。"伯爵夫人说道。

"很明显是一位绅士。"巴特尔警司说道。

"再后来，"伯爵夫人接着说道，"就是一道亮光和一声枪响。子弹打在了我身旁的书架上。我……我想我肯定是昏过去了。"

她抬头看了看比尔。比尔握住她的手，轻轻地拍着。

"上帝，小可怜，"他说道，"你真是受苦了。"

"白痴。"邦德尔心里暗自骂道。

巴特尔警司不声不响地快步走到屏风右边的那个书架旁。他俯身在地上找了找，很快，他就捡起了一样东西。

"不是子弹，伯爵夫人，"他说道，"是弹壳。你开枪时站在什么地方，塞西杰先生？"

吉米走到窗口的一个位置上。

"差不多是在这儿。"

巴特尔警司也走到那个位置上。

"不错，"他表示同意，"弹壳应该是往后弹的。这是点四五手枪子弹。我相信伯爵夫人在黑暗中误以为它是一颗子弹。这个弹壳击中了离她约一英尺的书架，弹头则擦着窗框飞出去了，明天我们会在外面找到的……除非它正好打中了那个人，让他给带跑了。"

吉米懊恼地摇了摇头。

“利奥波特恐怕是得不到这份荣誉了。”他不快地说道。

伯爵夫人用殷勤目光打量着他。

“你的胳膊！”她惊叫，“都包扎起来了！这么说是你……”

吉米假模假样地朝她鞠了一躬。

“很高兴我有一副文雅的英国人的嗓音，”他说道，“我可以向您保证，要是我怀疑当时有一位女士在场，我绝对不会说那些粗话。”

“其实我完全听不懂，”伯爵夫人赶忙解释，“虽然小时候我有一个教英文的家庭女教师……”

“她不可能教你那些东西的，”吉米表示赞同，“她肯定是教你一直用你叔叔的钢笔写写字，或者学会怎么用园丁侄女的雨伞之类的。我知道那一套。”

“可是，究竟出了什么事？”伯爵夫人问道，“我很想知道。我要知道出了什么事。”

一时之间，大家都没有说话，每个人都看着巴特尔警司。

“很简单，”巴特尔轻描淡写地说道，“盗窃未遂。有人从斯坦利·迪格比爵士那里偷走了一些政治性文件。窃贼们差一点就得手了，幸亏这位年轻的小姐，”他指了指洛兰，“最后他们没有得逞。”

伯爵夫人瞥了那个女孩一眼——眼神有些古怪。

“幸亏。”她冷冷地说道。

“她恰好在那儿，太巧了。”巴特尔警司微笑着说道。

伯爵夫人微微叹了口气，又半闭上眼睛。

“真荒唐，不过我还是觉得虚弱极了。”她喃喃地说道。

“那当然，”比尔说道，“我扶您上楼去。邦德尔会陪着您的。”

“艾琳小姐真是好心，”伯爵夫人说道，“不过我想一个人待一会儿。我真的好了。要不你扶我上楼梯吧？”

她站起身来，紧靠在比尔伸过来的胳膊上，走出了房间。邦德尔一直跟到了大厅，但伯爵夫人反复说自己没事了，而且语气有些尖刻，于是邦德尔索性就不跟上去了。

但是，当她站在那儿目送比尔搀扶着伯爵夫人慢慢上楼时，她机警的目光一下子呆住了。我们在前面说过了，伯爵夫人的那件睡袍很薄，就像蝉翼般的一层橘黄色薄纱。透过睡袍，邦德尔分明看见她的右肩胛骨下长有一颗小黑痣。

邦德尔惊得倒吸一口凉气，猛然一转身，正好碰上从藏书室出来的巴特尔警司。吉米和洛兰则走在前头。

“好啦，”巴特尔说道，“我已经把窗户关好了，还会派一个人在外面值班。这道门我要锁上，钥匙也要拿走。早上我们再进行法国人所说的罪案重现……哦，艾琳小姐，有什么事吗？”

“巴特尔警司，我必须跟您谈谈……现在就谈。”

“为什么，当然可以，我……”

这时乔治·洛马克斯突然冒了出来，旁边是卡特赖特医生。

“啊，原来你在这儿呀，巴特尔。奥罗克先生没事了，你可以放心了。”

“我从来就不觉得奥罗克先生会有什么事。”巴特尔答道。

“给他打了一针，”医生说道，“早上他就会醒来的。也许会有些头痛，也许头痛也不会有。好了，年轻人，我们来看看你的枪伤吧。”

“来吧，护士小姐，”吉米对洛兰说道，“过来端端盘子，要不就帮忙抓牢我的手。来看看坚强的人是怎么挣扎的。这套路数你该懂的吧。”

吉米、洛兰和医生一道走开了。巴特尔警司被乔治拉住说个不停，邦德尔则在一旁焦灼不安地瞅着。

巴特尔耐心地听着，乔治的长篇大论好不容易才告一段落，他迅速抓住这个空档打算脱身。

“先生，我可不可以跟斯坦利爵士单独谈谈？就在那边的小书房里。”

“当然可以，”乔治答道，“当然可以。我这就去把他叫来。”

他又急急忙忙地上了楼。旋即，巴特尔把邦德尔拉进客厅，并关上了门。

“好了，艾琳小姐，什么事？”

“我长话短说……不过事情又长又复杂。”

邦德尔尽可能简要地把她如何进入七面钟俱乐部以及后来的冒险经历讲述了一遍。听邦德尔讲完，巴特尔警司长长地吸了口气。他的脸上第一次浮现出不再是木然的表情。

“了不起，”他赞叹道，“真了不起。我简直不敢相信有这种事……尤其对你来说，艾琳小姐。我应该早就去摸一摸情况的。”

“但确实是您给我暗示的呀，巴特尔警司。是您叫我去问比尔·埃弗斯利的。”

“给你这样的人暗示真是太危险了，艾琳小姐。我做梦也想不到你会这么冒险。”

“唉，我这不是好好的吗，巴特尔警司？好端端地活着嘛！”

“是还活着。”巴特尔绷着脸说道。

他站在那儿，陷入了沉思。“塞西杰先生是怎么想的，竟然让你冒那样的危险，我实在想不通。”他旋即说道。

“他也是事后才知道的，”邦德尔说道，“我也不是个傻子，巴特尔警司。再说，他还得花心思照顾好韦德小姐，哪有工夫来管我呢。”

“是这样吗？”警司说道，“看来我得派埃弗斯利先生来照顾你了，艾琳小组。”

“比尔？”邦德尔有些不屑地说道，“不过，巴特尔警司，您还没听我说完呢。我在俱乐部见到的那个女人……安娜……也就是一点钟，没错，一点钟就是拉兹基伯爵夫人。”

接着，她又很快地讲了一遍她认出那颗黑痣的经过。

令她惊讶的是，巴特尔警司只是打了个哈哈。

“一颗黑痣说明不了太多的问题，艾琳小组。就算是不同的两个女人，也很可能长着一颗完全相同的痣。你必须记住，拉兹基伯爵夫人在匈牙利是非常有名的人物。”

“那么她就不是真正的拉兹基伯爵夫人。我敢保证她就是我在那儿看到的那个女人。您瞧瞧今天晚上我们是怎么发现她的。我根本就不信她昏过去了。”

“哦，我可不这么想，艾琳小姐。那个弹壳打在了她身旁的书架上，任何一个女人都会吓个半死。”

“但她去那儿究竟想干什么呢？谁会带手电筒下楼来找书呢？”

巴特尔挠了挠脸颊，似乎不愿意开口说话。他开始在客厅里踱来踱去，仿佛要下定什么决心似的。终于，他对邦德尔说道：

“听着，艾琳小姐，我相信你。伯爵夫人的举动很可疑，这一点我和你一样心知肚明。确实十分可疑……但我们得小心行事，不能造成大使馆方面的不快，必须有十足的把握。”

“我明白了。如果您确定……”

“还有一件事。艾琳小姐，战争期间有人抗议说许多德国间谍还在逍遥法外，一些好管闲事的人还给报纸写信。对这些我们没有理睬，话说得再难听我们也当没听见。那些小鱼小虾根本就没必要去管它，为什么？这就叫放长线钓大鱼，迟早我们会逮住大家伙。”

“您的意思是……”

“别管我是什么意思，艾琳小姐。但是你要记住，伯爵夫人的情况我了如指掌，而且我希望你不要打草惊蛇。好了，”巴特尔警司有些发愁地补充了一句，“我得想出点话来，好跟斯坦利·迪格比爵士说说！”

第二十三章 巴特尔警司坐镇

第二天早上十点。阳光穿过窗户洒进藏书室，巴特尔警司从六点就开始在这里工作了。应他的召唤，乔治·洛马克斯、奥斯瓦德·库特爵士和吉米·塞西杰刚刚加入进来——吃过一顿丰盛的早餐之后，昨夜的疲惫已经一扫而光。吉米的胳膊仍然吊着绷带，但脸上已经看不出昨天晚上留下的任何痕迹。

警司亲切地看着他们三人，有点像和蔼可亲的博物馆馆长正向一群小孩子做着讲解。他身旁的桌子上摆放着各式各样的东西，每样东西上面都端端正正地贴着标签。在这些东西之中，吉米认出了他的利奥波特自动手枪。

“啊，警司，”乔治说道，“我很想知道你的进展。你抓住那个人没有？”

“那家伙很难抓，要花一番工夫。”警司平淡地说道。

他似乎并没有为这次挫折感到痛心。

乔治·洛马克斯显得特别不高兴，他对任何形式的轻率都深恶痛绝。

“我把每样东西都标清楚了。”侦探接着说道。

他从桌子上拿起两件东西。

“我们找到了两颗子弹。大的子弹是点四五的，是从塞西杰先生的柯尔特式自动手枪打出来的，弹头擦过窗框，打进了一棵雪松的树干。小的子弹是从点二五毛瑟手枪打出来的，打穿了塞西杰先生的胳膊，弹头嵌进了这把扶手椅。至于那把手枪嘛……”

“嗯？”奥斯瓦德爵士急切地问道，“有没有发现指纹？”

巴特尔摇了摇头。

“开枪的人戴着手套。”他缓缓地说道。

“真遗憾。”奥斯瓦德爵士说。

“行家都会戴手套的。奥斯瓦德爵士，您是在离通往露台的楼梯脚下正好二十码远的地方发现它的，对不对？”

奥斯瓦德爵士走近窗户。

“对，差不多这个位置。”

“我不想挑刺，但要是您当初不动它就更好了，爵士。”

“对不起。”奥斯瓦德爵士的回答有些生硬。

“噢，没关系。我能够推断出当时的情形。您瞧，那是您从花园尽头走过来的脚印，还有，您显然在那个地方停了下来，还弯了一下腰，那儿的草地有被压过的痕迹，一眼就能看出来。顺便问一下，对于手枪为什么会在那儿，您怎么看？”

“我猜是那个人逃跑时掉在那儿的。”

巴特尔摇了摇头。

“不是掉下的，奥斯瓦德爵士。有两点可以证明这一点。首先，只有一组脚印穿过那儿的草坪……也就是您的脚印。”

“我明白了。”奥斯瓦德爵士若有所思地说道。

“你肯定吗，巴特尔？”乔治插了一句。

“十分肯定，先生。草坪上还有一组脚印，是韦德小姐留下的，但它们更靠左。”他顿了顿，然后接着说道，“而且地上还有那个压痕。手枪落地时肯定很有冲击力，这证明枪是被是扔出去的。”

“嗯，没错！”奥斯瓦德爵士说道，“这么说那个人是顺着通往左边的那条小路逃跑的，这样路上就不会留下脚印，手枪也是在逃跑当中用力扔到草坪中央的。洛马克斯，你觉得呢？”

乔治点头表示同意。

“沿小路跑确实不会留下脚印，”巴特尔说道，“不过从压痕的形状和草皮的切口来看，我觉得手枪不可能是从那个方向扔过来的。我觉得是从露台这儿扔下去的。”

“很有可能，”奥斯瓦德爵士说道，“这很重要吗，警司？”

“是啊，巴特尔，”乔治插嘴说道，“这……这……真的很重要吗？”

“难说，洛马克斯先生。不过您知道，我们喜欢把一切都搞清楚。现在，不知哪位先生愿意把这把手枪扔出去。奥斯瓦德爵士，您来试试好吗？太好了。您站到窗子上去，对，把它扔到草坪中央去。”

奥斯瓦德爵士用力一挥，把手抢扔了过去。吉米 · 塞西杰饶有兴致地凑了过来，连呼吸都停止了。而巴特尔警司就像一头训练有素的猎狗，忙着去找手枪了。过了一会儿，他满脸笑容地回来了。

“没错，先生们，痕迹完全相同。只不过，顺便说一句，您扔的整整远了十码。不过奥斯瓦德爵士，您非常强壮，可不是吗？对不起，我听到门口有人。”

警司的耳朵一定比其他人灵得多，因为谁也没有听到声响。但事实证明巴特尔是对的，库特夫人正站在门外，手里端着一个药杯。

“你的药，奥斯瓦德。”她说着走进来，“你吃完早饭忘记吃药了。”

“我很忙，玛丽亚，”奥斯瓦德爵士答道，“我不吃药。”

“要是我不拿过来，你永远不会吃的。”他的妻子沉着地说道，朝他走去。“你就像淘气的孩子，来，把它喝了。”

钢铁大王乖乖地把药喝了下去！

库特夫人冲每个人伤感而乖巧地微微一笑。

“没打搅你们吧？你们是不是很忙？哦，瞧那些手枪，都是些令人讨厌的、肮脏的、凶残的东西！奥斯瓦德，想想看，昨天晚上你差点被那个小偷打死了。”

“库特夫人，你没找到他时肯定吓坏了吧？”巴特尔问道。

“起初我还没想到这这些，”库特夫人坦白地说道，“这可怜的孩子，”她指了指吉米，“挨了一枪……一切都那么可怕，又那么刺激。直到贝特曼先生问我奥斯瓦德爵士在哪儿，我才想起半个小时之前他出去散步了。”

“睡不着是吗，奥斯瓦德爵士？”巴特尔问道。

“我平时睡眠很好，”奥斯瓦德爵士答道，“但我必须承认昨天晚上我一点睡意也没有。我想出去呼吸一些夜里的空气也许对我有好处。”

“您大概是从这扇窗子出来的吧？”

难道是在想象？奥斯瓦德爵士在回答这个问题之前迟疑了一下。

“是的。”

“还穿着便鞋，”库特夫人说道，“也没换厚一点的鞋。要是没有我的照顾，你可怎么办？！”她伤心地摇了摇头。

“玛丽亚，要是你不介意的话，还是先走吧……我们还有很多事要商量呢。”

“我知道，亲爱的。我这就走。”

库特夫人退了出去，拿走了那个空杯子，就好像她刚刚往那个杯子里灌了一剂毒药给丈夫喝似的。

“好了，巴特尔，”乔治·洛马克斯说道，“事情似乎很清楚了。没错，完全清楚了。那个人开了一枪，打伤了塞西杰先生，然后扔掉武器，顺着露台沿碎石小路逃走了。”

“但如果从那儿逃走的话，照道理应该被我的手下逮住呀。”巴特尔插了一句。

“你的手下，说句不好听的话，巴特尔，似乎特别马虎。他们没发现韦德小姐进来。既然连她进来都没能发现，那么小偷从他们眼皮底下溜走也就很容易了。”

巴特尔警司张了张嘴，然后似乎又改变了主意。吉米·塞西杰好奇地看着他。他很想知道巴特尔警司究竟是怎么想的。

“一定是个跑步冠军。”这个苏格兰场的警司自鸣得意地说道。

“这话什么意思，巴特尔？”

“没别的意思，洛马克斯先生。枪响之后不到五十秒我就赶到了露台的拐角处，一个人要在我出现在房子侧面之前朝我这个方向跑那么长的一段距离，然后还要绕过碎石路的拐角，然后还要不被抓住逃走……唉，他不是跑步冠军是什么？”

“真搞不懂你是什么意思，巴特尔。你脑子里的想法……呃……我还是没搞懂。你说那个人没有穿过草坪，现在又暗示……你到底想说什么？是说那个人并没有去那条小路？依你看……呃……他跑到哪儿去了？”

巴特尔警司突然翘起大拇指，朝上指了指作为回答。

“嗯？”乔治说道。

警司这次更使劲地指了指。乔治抬起头看了看天花板。

“上去了，”巴特尔说道，“顺着常春藤往上去了。”

“瞎说，警司。不可能的。”

“并非不可能，先生。他上去过一次，完全可以再上去一次。”

“我不是说他上不去，但如果那个人想逃走的话，他绝对不会再躲回去的。”

“对他来说那是最安全的地方，洛马克斯先生。”

“但我们去看奥罗克先生的时候，他的房门是从里面锁着的呀。”

“那你们是怎么进去的？是从斯坦利爵士的房间穿过去的吧？咱们这位朋友走的也是这条路。艾琳小姐跟我说，她看见奥罗克先生的房门把手旋动过。那是咱们这位朋友第一次上去时的事。我怀疑钥匙就压在奥罗克先生的枕头底下。他第二次离开的路径显然很清楚……穿过两个房间之间的那道门，再穿过斯坦利爵士的房间——房间里当然没有人。那时斯坦利爵士和大家一样，正冲下楼梯直奔藏书室呢。所以，那位朋友一路上畅通无阻。”

“那后来他又到哪儿去了？”

巴特尔警司耸了耸他那宽大结实的双肩，开始闪烁其词。

“可以去很多地方。有可能躲进对面的一个空房间，再顺着常春藤爬下去……再从侧门溜走……或者，假如是个内贼，当然这只是说说而已……就干脆待在屋子里。”

乔治惊愕地看着他。

“真的，巴特尔，我……如果是我的仆人干的……我会深感内疚的……呃……我对他们非常信任……如果要我怀疑……我会非常痛心的……”

“没有人要你去怀疑谁，洛马克斯先生。我只是把所有的可能性都说给你听。你的仆人也许都没问题……应该没问题。”

“你把我搞得心烦意乱，”乔治说道，“烦都烦死了。”

他的眼睛越发向外鼓了。

为了转移他的注意力，吉米故意拨动着桌子上一件黑乎乎的异乎寻常的东西。

“这是什么？”他问道。

“这是最后一件物证，”巴特尔答道，“能找到的最后一件东西。它是，或者应该说，它曾经是一只手套。”

他拿起这只烧得焦黑的手套，得意地把玩着。

“你在什么地方找到的？”奥斯瓦德爵士问道。

巴特尔猛地扭头说道：

“在壁炉的炉栅上……差不多烧没了，不过还剩一点点。奇怪，好像被狗咬过了。”

“会不会是韦德小姐的狗咬的，”吉米说出了自己的意见，“她养了好几条狗。”

警司摇了摇头。

“这不是女用手套……甚至不是如今流行的小姐们戴的那种又大又宽的手套。你戴上试试，先生，就一会儿。”

他把那个焦黑的东西套在吉米的手上。

“瞧……就算你戴也太大了。”

“你觉得这个发现很重要吗？”奥斯瓦德爵士冷冷地问道。

“这可难说，奥斯瓦德爵士。谁知道这个重要还是不重要呢？”

这时猛地有人敲门，邦德尔走了进来。

“很抱歉，”她深表歉意地说道，“我爸爸刚刚打电话来，说我必须回家去，因为大家都受不了他。”

她打住了话头，不再说下去。

“怎么啦，亲爱的艾琳？”乔治知道她还有话要说。

“我本来不想来打扰你们的……只是我觉得此事可能关系重大。让我爸爸不安的是，我们家的一个听差不见了。他昨天晚上出去之后，就一直没有回去。”

“他叫什么名字？”盘问的是奥斯瓦德爵士。

“约翰·包尔。”

“英国人？”

“我想他自称是瑞士人……不过我觉得他是德国人，虽然他的英语说得十分地道。”

“哦！”奥斯瓦德爵士深吸了一口气，满意地嘘了一声，“他在烟囱别墅……有多久了？”

“不到一个月。”

奥斯瓦德爵士转而对另外两个人说道：

“这就是我们要找的那个人。洛马克斯，你和我都清楚，好几个外国政府想搞到那东西。我现在完全记起来了……是个高个子，训练有素。我们离开烟囱别墅之前大约两个星期新来的。真是高招呀。这里所有新来的仆人都要经过严格的审查，但是在烟囱别墅，离这里五英里之外……”他只说了半截。

“你觉得早就计划好了？”

“有何不可？那个配方值好几百万呢，洛马克斯。毫无疑问，在烟囱别墅时包尔就打过我的私密文件的主意了，好知道接下来会有什么安排。看来这里也有他的同伙……有人为他通风报信，还给奥罗克下药。韦德小姐看到的那个顺着常春藤往下爬的人就是包尔……大块头，力气也大。”

他转身对巴特尔警司说道：

“警司，包尔就是你要找的人。天知道怎么搞的，你竟然让他从指缝里溜走了。”

第二十四章　邦德尔疑惑不解

毫无疑问，巴特尔警司大吃一惊，他若有所思地摸了摸下巴。

“奥斯瓦德爵士说得对，巴特尔，”乔治说道，“就是这个人。有希望抓住他吗？”

“可能吧，先生。看起来……唉，的确很可疑。当然啦，他也许会再露面的……我是说在烟囱别墅。”

“你觉得有可能吗？”

“不，可能性不大。”巴特尔承认，“不错，看起来确实像是包尔干的，但我不明白，我们怎么没发现他进出庭院？”

“我已经跟你说了，你安排的那些暗哨，”乔治说道，“太马虎了……我没有责备你的意思，警司，不过……”他意味深长地不再说下去。

“哦，没事，”巴特尔轻描淡写地说道，“我的宽肩还算担负得起。”

他摇了摇头，叹了口气。

“我要去打个电话。失陪了，先生们。抱歉，洛马克斯先生……我觉得我把事儿办砸了。不过这事太伤脑筋，比你想象的还要伤脑筋。”

他急匆匆地快步离去。

“到花园去，”邦德尔对吉米说道，“我有话要跟你说。”

他们俩一道走了出去，吉米凝视着下面的草坪，皱起了眉头。

“怎么啦？”邦德尔问道。

吉米把刚才扔手枪的事情详细叙述了一遍。

“我在想，”他最后说道，“巴特尔为什么要库特去扔手枪呢？这里面一定有鬼名堂。总之，手枪落下来的地方大约远了十码。邦德尔，巴特尔可是个很有城府的人。”

“他的确是个非同寻常的人物，”邦德尔说道，“我要跟你说说昨天晚上的事。”

她转述了一遍她与警司之间的对话。吉米认真地听着。

“这么说伯爵夫人就是一点钟，”他若有所思地说道，“嗯，全都对上了。二点钟……包尔……是从烟囱别墅过来的。他顺着常春藤往上爬，溜进奥罗克的房间，知道奥罗克已经喝下了伯爵夫人下的安眠药。他们的计划是包尔将偷到的文件扔给在下面接应的伯爵夫人，然后伯爵夫人再马上返回藏书室，从藏书室回到楼上自己的房间。如果包尔在逃跑时被抓住了，别人在他身上也搜不出东西来。嗯，的确是个不错的计划……只不过出了岔子。伯爵夫人一到藏书室，就听见我过来了，不得不躲到屏风后面。她肯定非常恼火，因为她没办法通知同伙。两点钟偷到文件后，往窗外张望，以为下面的人就是伯爵夫人，于是就把文件扔下去了，然后打算顺着常春藤往下爬。不料，他却意外地发现我已经在那里等着了。伯爵夫人躲在屏风后面，那滋味一定不好受。总的来看，她编的故事实在是太精彩了。嗯，所有的一切都很清楚了。”

“清楚过头了。”邦德尔明确地说道。

“啊？”吉米疑惑地问道。

“七点钟呢……七点钟一直没露面，而是在幕后操纵。伯爵夫人和包尔？不，没那么简单。没错，包尔昨天晚上是在这里。但他在这里只是为了防备出岔子……就像这次出的岔子。他只是个替罪羊，是为了转移视线，避免别人对七点钟……也就是老板……的怀疑。”

“我说，邦德尔，”吉米不安地说道，“你是不是惊险小说看太多了？”

邦德尔严肃地瞥了他一眼，眼神中有责备的意味。

“得啦，”吉米说道，“我还不像红心皇后。我不信吃早饭之前会发生六件不可能的事[①]。”

“现在已经吃过早饭了。”邦德尔挖苦道。

“就算吃过早饭我也不信。我们已经有了一个完美的解释，与事实相符……可你偏偏就不信，就是因为你非要把事情想得更复杂，像猜那些老掉牙的谜语一样，好像这样才比较过瘾。”

“对不起，”邦德尔说道，“不过我坚信神秘的七点钟就是这次晚会的客人之一。”

“比尔怎么想？”

“比尔，”邦德尔冷冷地说道，“真是拿他没办法。”

“噢！”吉米说道，“我猜你大概跟他说过伯爵夫人的事了吧？应该警告他一下，否则天知道他又会瞎说些什么。”

“凡是说她不好的话，他一句也听不进，”邦德尔说道，“他……唉，简直是个白痴。我希望你能把那颗痣的事跟他讲清楚。”

---

①这里的“红心皇后”暗指美国侦探作家、以逻辑解谜闻名的埃勒里·奎因。

“你忘了我可没躲在壁橱里，”吉米说道，“再说啦，不管怎样，我也不愿意为了他女朋友身上的那颗痣跟他吵翻。不过可以肯定的是，他总不至于蠢到黑白不分吧。”

“他纯粹就是一个白痴，”邦德尔刻薄地说道，“吉米，就算你向他透露一点点，你也大错特错了。”

“抱歉，”吉米说道，“当时我还没意识到……不过现在我明白了。我真是个傻瓜，真该死，比尔老弟……”

“你应该知道那些外国女冒险家的手段。”邦德尔说道。

“老实说我不知道，”吉米答道，“还没有人来勾引过我。”他叹了口气。

有一阵子两人都没说话。

吉米正琢磨着事情的前因后果，他越想，就越觉得不对。

“巴特尔跟你说不要去惊动伯爵夫人？”他终于开口说道。

“嗯。”

“是想通过她抓到别的人？”

邦德尔点了点头。

吉米紧锁眉头，想搞清楚到底是怎么回事。显然，巴特尔已经有了非常明确的想法。

“斯坦利·迪格比爵士今天早上很早就回城里去了，是吗？”他问道。

“是的。”

“奥罗克跟他一块儿去的？”

“我想是吧。”

“你不觉得……不，这不可能！”

“什么不可能？”

“奥罗克也有问题。”

“有可能，”邦德尔若有所思地说道，“他有一种所谓很活泼的个性。不，我肯定不会惊讶，如果……唉，老实说，什么也不会让我惊讶的！其实，我只敢肯定一个人不是七点钟。”

“谁？”

“巴特尔警司。”

“唉！我还以为你说的是乔治·洛马克斯呢。”

“嘘……他来了。”

乔治确实是朝着他们过来了。见吉米借故走开了，乔治便紧挨着邦德尔坐了下来。

“亲爱的艾琳，你真的一定要离开吗？”

“嗯，爸爸好像非常担心。我想还是回去握着他的手，安慰安慰他比较好。”

“这只小手的确能给人慰藉，”乔治拿起她的手摩挲着，“亲爱的艾琳，我理解你的心意，而且深为叹服。在如今这个变化无常的时代……”

“他肯定是精神失常了。”邦德尔绝望地想道。

“……家庭生活太难能可贵了……一切的传统规范都崩溃了！……应该由我们这个阶层的人来树立一个榜样，表明至少还有我们这类人没有受到现代环境的影响。他们管我叫老顽固……对这个称呼我引以为豪……我真的感到非常光荣！有些东西就是要顽固到底……尊严、美、谦虚、神圣的家庭生活、孝顺……这些东西要是没有了，生活还有什么意义？亲爱的艾琳，正如我说的，我嫉妒你的年轻赋予你的特权。年轻！多么美妙啊！多么美妙的字眼呀！我们只有长大……嗯……成人，才懂得它的宝贵。亲爱的孩子，我承认以前我对你的轻率和冒失感到失望，现在我发现它只是一个孩子才有的恣意妄为，现在我感觉到了你心灵中的庄重和诚挚之美。我希望，你能让我帮助你读书和学习。”

“噢，谢谢您。”邦德尔敷衍地说道。

“而且，你再也不要怕我了。凯特勒姆侯爵夫人跟我说你害怕我，真是让我大吃一惊。我可以向你保证，我只是一个非常平凡的人。”

乔治一副谦逊的样子，着实打动了邦德尔。乔治接着说道：

“亲爱的孩子，在我面前不要害羞，有什么事尽管直说，不要担心会麻烦我。能够塑造你崭露头角的头脑……如果可以这么说的话……那将带给我莫大的快乐。我会成为你政治上的领路人。如今，我们的政党迫切需要像你这样的既有才能又有魅力的年轻女性，你注定就是你的伯母凯特勒姆侯爵夫人的接班人。”

这个可怕的期待几乎令邦德尔晕倒，她只好无可奈何直愣愣地盯着他。但这并没有让他灰心丧气——恰恰相反。他不喜欢女性的主要原因就是她们话太多了。他很少遇到他觉得不错而且愿意倾听的女士，于是他亲切地冲着邦德尔笑了笑。

“破茧化蝶，多美妙的一幅图景。我有一本非常有趣的政治经济学著作。我现在就去找，你可以带到烟囱别墅去。看完之后，我们再来讨论。如果有疑问，尽管给我写信。虽然我有很多公务，但只要是朋友的事，再忙我也能抽出时间来。我这就去找。”

他昂首阔步地走开了。邦德尔目送着他的背影，一脸茫然。直到比尔突然冒出来，她才回过神来。

“听我说，”比尔问道，“老鳕鱼握住你的手究竟想干什么？”

“那不是我的手，”邦德尔忿忿地说道，“是我崭露头角的头脑。”

“别犯傻了，邦德尔。”

“对不起，比尔，不过我有点担心。你还记得你说过吉米来这儿是冒着很大的风险吗？”

“不错，他是在冒险，”比尔说道，“一旦老鳕鱼对你有了兴趣，你要想脱身就难上加难了。到时候吉米还没弄清楚是怎么回事就会被套牢的。”

“被套的不是吉米……是我，”邦德尔生气地说道，“我将不得不没完没了地去见麦卡塔夫人，去读政治经济学，还要跟乔治进行讨论，天知道哪儿才是尽头！”

比尔长叹了口气。

“可怜的邦德尔，你说的有点言过其实了吧？”

“肯定会这样。比尔，我觉得自己陷得太深了。”

“别担心，”比尔安慰道，“乔治并不赞成女性加入议会，所以你也用不着上台胡说八道，或者到贫民窟亲吻脏兮兮的婴儿。走吧，去喝杯鸡尾酒。差不多该吃午饭了。”

邦德尔站起身来，顺从地走到他旁边。

“我真的很讨厌政治。”她可怜巴巴地咕哝道。

“那当然，所有有理智的人都讨厌。只有像老鳕鱼和黑猩猩那样的人才会当真，而且陶醉其中。但不管怎么说，”比尔又转回到了前面的话题，“你还是不该让老鳕鱼碰你的手。”

“为什么？”邦德尔说道，“他是看着我长大的。”

“哦，我不喜欢。”

“我纯洁的比尔……嗨，瞧，巴特尔警司。”

他俩正要穿过一道侧门。门厅外面有一个类似储藏室的小房间，里面放着高尔夫球杆、网球拍、保龄球和其他一些乡村宅邸常见的休闲用具。巴特尔警司正在仔细翻检各式各样的高尔夫球杆。听见邦德尔的叫声，他有些困窘地抬头看了看。

“要去打高尔夫球吗，巴特尔警司？”

“我打得很糟，艾琳小姐。不过只要开始做，就还不算晚。而且，我还具备一种任何运动都需要的素质。”

“什么素质？”比尔问道。

“不认输。如果一败涂地，我会马上从头开始！”

巴特尔警司的脸上现出坚毅的神情，他从小房间里走出来加入他们的行列，随手关上了门。

第二十五章 吉米的计划

此刻吉米·塞西杰觉得自己有些情绪低落。他猜想乔治拉住他一定会大谈特谈一些严肃的话题，所以吃过午饭，他就悄悄溜走了。虽然他对圣菲边境争端的细节了如指掌，但他不希望有人在这个时候来考他。

这时，他希望的事发生了。洛兰·韦德独自沿着花园的林荫小道款款而来。吉米立即迎上前去。他们默默地走了一会儿，然后吉米试探地说道：

“洛兰……”

“嗯？”

“听我说，我这个人不太会说话……不过，你觉得怎么样？我们弄一张结婚证，以后快快乐乐地在一起，不好吗？”

洛兰对这突如其来的求婚没有显露出丝毫尴尬，反而头往后一仰，哈哈大笑起来。

“别笑啦。”吉米有些生气地说道。

“人家忍不住。你真逗。”

“洛兰……你真是个小魔头。”

“才不是呢。我是大家眼里无可挑剔的完美女孩。”

“只是对不了解你的人来说才是……他们都被你那温柔端庄的外表给蒙骗了。”

“我喜欢你说的这一大串话。”

“都是从拼字游戏学过来的。”

“听起来蛮有文化嘛。”

“洛兰，亲爱的，不要兜圈子了。你愿不愿意？”

洛兰开始严肃起来，脸上流露出她特有的坚定表情。她的小嘴巴紧紧地抿着，小小的下巴也显得尖了出来。

“不，吉米。现在还不行……事情还没结束呢。”

“我知道我们的目标还没实现，”吉米同意她的说法，“不过无所谓嘛……总算告一段落了。文件还在航空部长手里，正义战胜了邪恶。而且……现在……也无事可干。”

“所以……你我就结婚？”洛兰微微一笑。

“说对了，我就是这么想的。”

但洛兰还是摇了摇头。

“不，吉米。等这事完了……等我们安然无恙了再说。”

“你觉得我们有危险？”

“难道你看不出来？”

吉米那张粉红色的圆脸阴沉下来。

“你说得对，”他终于说道，“如果邦德尔说的那个冒险故事是真的……虽然匪夷所思，但我想肯定确有其事……那只有等到抓住了七点钟，我们才会安全！”

“其他人呢？”

“其他人不重要。我最害怕的是神出鬼没的七点钟。我不知道他是谁，不知道到哪儿找得到他。”

洛兰不禁哆嗦了一下。

“我一直害怕，”她低声说道，“自从格里死后……”

“你不用害怕，没什么好怕的。一切交给我好了。我跟你说，洛兰……我迟早会逮住七点钟的。一旦我们逮住了他……呃，不管他的同伙是谁，就都好办了。”

“你说要逮住他……万一他逮住了你呢？”

“不可能，”吉米笑呵呵地说道，“我这个人聪明绝顶。始终要看好自己……这是我的座右铭。”

“可我一想到昨天晚上险些发生的事……”洛兰浑身哆嗦着说道。

“唉，不是没发生吗？”吉米说道，“我们俩不是都在这儿，好端端的吗？……不过我得承认我的胳膊痛得要命。”

“可怜人。”

“唉，好事多磨。凭借我的受伤和令人愉快的交谈，我已经博得了库特夫人的好感。”

“啊！你认为这很重要吗？”

“我有个预感，到时候可能派得上用场的。”

“吉米，你是不是已经有了计划？能告诉我吗？”

“小英雄从来不会跟别人吹嘘，”吉米坚决地说道，“都暗中进行。”

“你真是个白痴，吉米。”

“我知道，我知道。大家都这么说。不过我可以向你保证，洛兰，这都是经过深思熟虑的。能不能说说你的计划，有吗？”

“邦德尔建议我跟她到烟囱别墅去住一阵子。”

“好极了，”吉米赞同地说道，“真是再好不过了。我一直希望能看住邦德尔，你根本不知道接下来她会干出什么傻事来。她总是令人防不胜防，最糟的是，每一次她都侥幸成功。我跟你说，防备邦德尔铤而走险可来不得半点疏忽。”

“比尔应该去看管她。”洛兰建议道。

“比尔在忙别的事呢。”

“你可别信以为真。”洛兰说道。

“什么？不会是伯爵夫人吧？那小子确实被她迷住了。”

洛兰依然摇头。

“有些事情我弄不明白，但不是伯爵夫人跟比尔的事……而是邦德尔跟比尔。今天早上比尔正在跟我说话的时候，洛马克斯先生跟邦德尔坐在一起，还握住了她的手。比尔知道了，肺都要气炸了。”

“有些人真是够奇怪的，”塞西杰先生总结道，“一面跟你说话，一面却想着别的事。不过，洛兰，你说的这个情况还是让我吃惊。我原本以为我们头脑简单的比尔被那个外国女冒险家给迷住了。我知道邦德尔就是这么想的。”

“邦德尔可能会这么想，”洛兰说道，“不过我跟你说，吉米，其实不是这样的。”

“你有什么高见？”

“你不觉得比尔有可能在独自‘办案’吗？”

“比尔？他没那个脑子。”

“我可不敢这么肯定。像比尔那样表面看起来头脑简单、四肢发达的人，要是玩起深沉来，没人会认为他能够深沉到哪儿去。”

“结果他就能干出一番惊天动地的事业来？不错，有点道理。但是我仍然不相信比尔会这样。他千方百计想讨伯爵夫人的欢心。唉，我觉得你错了，洛兰。伯爵夫人是百里挑一的绝色美女……当然，不是我喜欢的类型，”塞西杰先生赶忙补充了一句，“比尔这家伙又像是旅馆一样，来者不拒。”

洛兰摇了摇头，并没有被说服。

“好啦，”吉米说道，“随便你怎么想吧。有些事情多少也算是有了着落。你跟邦德尔一起回烟囱别墅去，千万不要再让她打七面钟俱乐部的主意。如果她再去，天晓得会出什么事。”

洛兰点了点头。

“现在，”吉米说道，“我应该去跟库特夫人聊一会儿了。”

库特夫人此时正坐在花园里的一把椅子上织毛线，织的是一个忧伤且有些丑陋的年轻女子正在哭坟。

库特夫人挪了挪身子，让吉米在身旁坐下。吉米立刻委婉地夸赞起她的手艺来。

“你喜欢吗？”库特夫人高兴地说道，“是我姑妈塞莉娜死前一周开始织的。她得了肝癌，真可怜。”

“太惨了。”吉米说道。

“你的胳膊好些没？”

“哦，好多了。就是有些烦。”

“你还是要当心，”库特夫人告诫道，“我听说有败血症……要是那样，整条胳膊就可能保不住了。”

“噢！但愿不要这样。”

“我只是提醒提醒。”库特夫人说道。

“您现在住哪儿？”塞西杰先生问道，“城里，还是……”

吉米知道自己是明知故问，所以他装出一副天真无邪的样子。

只见库特夫人重重地叹了口气。

“奥斯瓦德爵士已经租了奥尔顿公爵的房子，在莱瑟伯利。你也许知道那个地方吧？”

“噢，当然。非常好，不是吗？”

“哦，我不知道，”库特夫人说道，“地方非常大，也很幽暗。有好几排画像，上面的人都是表情严厉、让人望而生畏。看来这幢房子的祖辈老爷都有令人压抑的性格。塞西杰先生，你应该看看我们在约克郡的那幢小房子。那时候奥斯瓦德爵士还没有受封，还是普普通通的库特先生。多好的一间休息厅啊，还有爽心悦目的客厅，里面有个壁炉……墙上贴的是带紫藤饰带的白条纹墙纸，还是我挑的呢。我说，是缎纹的，不是波纹，效果要好多了。餐厅朝东北方向，虽然晒不到多少太阳，但因为贴了鲜艳的红色墙纸，还挂了一套挺逗的狩猎图……哎哟，整个欢快的气氛就像是过圣诞节。”

库特夫人兴奋地沉浸在回忆之中，几个小毛线球也从手里掉了下来。当然，吉米又一个个把它们捡起来。

“谢谢你，亲爱的孩子，”库特夫人说道，“对了，我说到哪儿了？噢！……在说房子……嗯，我确实喜欢令人愉快的房子，而且，挑选东西来装扮房子也很有趣。”

“我猜奥斯瓦德爵士最近就会买一块属于自己的地方吧，”吉米试探地说道，“到时候你想怎么布置就怎么布置了。”

库特夫人忧伤地摇了摇头。

“奥斯瓦德爵士跟我说他会交给一家公司来做……你知道那意味着什么。”

“噢！可他们还得听你的意见呀！”

“打算买一座气派的老宅子，他们看不上我喜欢的温馨舒适的、像个家的地方。就算奥斯瓦德爵士在自己家里总是觉得不舒服、不满意，但我敢说他的审美其实也很低下。如今，除了所谓最好的东西，没有一样他会满意！他已经飞黄腾达了，自然想弄点东西来显摆一下。我常常想，哪儿才是个头啊！”

吉米摆出一副深表同情的样子。

“就像一匹脱缰的马，”库特夫人说道，“咬着嚼子一路狂奔。奥斯瓦德爵士现在就是这个样子。他还在一个劲地往前冲，总有一天，他会想停也停不下来的。他现在已经是全英格兰最有钱的人了……可这会让他满足吗？不，他还想要更多。他想要成为……我也不清楚他想要成为什么！我跟你说，有时候我真有些害怕！”

“就像波斯人约翰尼，”吉米说道，“到处寻找新世界要去征服。”

库特夫人点了点头，虽然她并不清楚吉米讲的是什么。

“我纳闷……这么多的东西，他的胃受得了吗？”她带着哭腔接着说道，“就像鬼迷心窍……唉，想起来就叫人受不了。”

“他看起来胃口很不错。”吉米安慰道。

“他有心事，”库特夫人说道，“整天忧心忡忡，我知道。”

“他担心什么？”

“这个我倒不清楚，或许是工厂的事。好在有贝特曼先生帮忙。小伙子不仅热心……而且认真负责。”

“认真极了。”吉米赞同地说道。

“奥斯瓦德很看重贝特曼先生的判断力。他说贝特曼总是对的。”

“那是他很久以前最糟糕的一个方面。”吉米感慨地说道。

库特夫人露出了一丝不解的神情。

“上次在烟囱别墅过的那个周末真是愉快极了，”吉米说道，“我是说，要不是可怜的格里老弟偏偏在那个时候死了，肯定会愉快极了。那些女孩也不赖。”

“我发现现在的女孩真让人琢磨不透，”库特夫人说道，“一点也不浪漫。我跟奥斯瓦德爵士订婚的时候，我还用我的头发在手帕上为他绣上姓名呢。”

“是吗？”吉米说道，“太绝了。也许现在的女孩不留长发，所以没办法像你那样。”

“倒也是，”库特夫人承认道，“不过，唉，还有其他很多办法呀。我记得我还是姑娘的时候，我的一个……呃，小伙子……从地上捡起一把小石子。当时跟我在一起的那个姑娘马上就对我说，他想把它们珍藏起来，因为我的脚在上面踩过。真浪漫，我当时就想。虽然后来我才知道他那时正在上矿物学的课……也许是地质学……在一所技术学校。不过我喜欢那样的想法……把女孩的手帕偷来珍藏……还有类似的事情。”

“要是女孩想要擤鼻涕那就难堪了。”讲求实际的塞西杰先生说道。

库特夫人放下手中的毛线活儿，和蔼地瞅着他。

“得了吧，”她问道，“你是不是喜欢上了某个女孩？想跟她组建个小家庭过日子？”

吉米的脸一下子通红，含含糊糊也不知说了些什么。

“在烟囱别墅的时候，我觉得你跟一个女孩处得很不错……叫维拉·达文特里。”

“您说的是袜子？”

“他们都这样叫她，”库特夫人承认道，“我也不知为什么，但这个名字很不雅。”

“噢，她是个出类拔萃的女孩子，”吉米说道，“我很想再见到她。”

“下个周末她要到我们家来。”

“是吗？”吉米说道，尽力表现出渴望的神情。

“是的。你……你想来吗？”

“我很想来，”吉米诚恳地说道，“真是太谢谢您了，库特夫人。”

他再三道谢，这才离去。

不久，奥斯瓦德爵士来到了他妻子的身边。

“那个小混混在跟你啰嗦些什么？”他问道，“我看他不顺眼。”

“他可是个很可爱的孩子，”库特夫人答道，“而且那么勇敢。你瞧人家，昨天晚上还受了伤呢。”

“是啊，谁叫他爱管闲事到处乱跑。”

“你对他太不公平了，奥斯瓦德。”

“他这一辈子就没干过一件正经事儿，就是个废物。他要是再这样下去，永远也出不了头。”

“昨天晚上你肯定着凉了吧，”库特夫人说道，“你可不要得了肺炎。前几天弗雷迪·理查兹就是得肺炎死的。哎呀，奥斯瓦德，一想到昨天晚上那个危险的窃贼，而你还在那里闲逛，我就手脚冰凉。他很可能开枪打你。对了，我已经邀请塞西杰先生下个礼拜到我们家过周末了。”

“荒唐，”奥斯瓦德爵士说道，“我不喜欢那个年轻人来我们家，你听见没有，玛丽亚？”

“为什么不呢？”

“跟你没关系。”

“那太对不起了，亲爱的，”库特夫人温和地说道，“可我已经邀请他了，现在也没办法了。帮我把那个粉红色线团捡起来好吗，奥斯瓦德？”

奥斯瓦德爵士脸色铁青，弯腰捡起了线团。他看了看妻子，犹豫不决。库特夫人则仍旧心平气和地织着毛线。

“我尤其不希望塞西杰下个周末到我们家去，”他终于开口说道，“贝特曼跟我说了他的很多事，他们以前是同学。”

“说了些什么？”

“没一句好话。其实，他还认真地提醒我要提防他。”

“他是这么说的？”库特夫人若有所思地说道。

“我十分看重贝特曼的判断力。他从没错过。”

“哎呀，”库特夫人说道，“看来我把事情搞得一塌糊涂。当然，要是我早知道，就不会请他来了。你应该早点告诉我，奥斯瓦德。现在说什么也来不及了。”

她开始小心翼翼地收拾手上的毛线活儿。奥斯瓦德爵士看着她，好像要说什么，但又耸耸肩没有说出口。他跟在她身后进了屋。库特夫人走在前面，脸上挂着淡淡的微笑。她喜欢自己的丈夫，不过她也喜欢在暗地里一意孤行——以一种不易察觉的、完全女性的方式。

第二十六章 围绕高尔夫球的话题

“你那位朋友真是个好女孩，邦德尔。”凯特勒姆勋爵说道。

洛兰已经在烟囱别墅待了差不多一个星期，深得主人的好感，这主要是因为她虚心接受主人对她五号高尔夫铁头短球杆击球技术的教诲。

凯特勒姆勋爵厌倦了大冬天出门，便打起了高尔夫球。他的球技并不高明，但这反而令他对这项运动尤其热衷。他把早上的大部分时间都花在挥舞五号球杆，把球高高打过各式各样的灌木丛之上；更准确地说，是把时间花在把球打出去之上。结果他的猛力挥舞，把天鹅绒一般平整的草皮大片大片地弄坏，令麦克唐纳悲痛欲绝。

“我们必须设计一套小小的程序，”凯特勒姆勋爵郑重其事地说道，“一套小小的运动程序。好啦，注意看这一杆，邦德尔。提起右膝，慢慢往后摆，头不要动，要手腕用力。”

球的上部挨了重重一击，飞过草坪消失在一大片杜鹃花丛中。

“奇怪，”凯特勒姆勋爵说道，“怎么搞的？对了，邦德尔，你那个朋友是个相当不错的女孩。在我的引导下，她真的对高尔夫球产生了强烈的兴趣。今天早上她就打出了不少好杆……差不多快赶上我了。”

凯特勒姆勋爵漫不经心地又打出一杆，掀起了一大片草皮。

麦克唐纳恰好路过，看到之后他赶紧把掀掉的草皮找回来，牢牢地按回原处，然后瞥了凯特勒姆勋爵一眼，这一眼足以让任何人羞愧得一头钻到地底下去，除非他是一个狂热的高尔夫球爱好者。

“如果麦克唐纳对库特夫妇问心有愧的话……我相信他是这样，”邦德尔说道，“他现在总算得到报应了。”

“又不是别人家的园子，我为什么不可以想做就做？”她的父亲反问道，“麦克唐纳应该对我球技的长进感兴趣才对……苏格兰是一个了不起的热爱高尔夫球运动的民族。”

“您这可怜的老头儿，”邦德尔说道，“您永远也打不好高尔夫球……但不管这么说，倒也免得您去惹事生非。”

“才不会呢，”凯特勒姆勋爵说道，“前些天我用五杆就打进了那么远的六号球洞，我跟职业教练说了，他非常惊讶。”

“他当然会惊讶。”邦德尔说道。

“说到库特夫妇，其实奥斯瓦德爵士的球打得不错，相当不错，就是姿势难看了些……身子太僵硬了。他每次击球都正好打在正中间。奇怪的是，他的技术还是不过关……永远做不到六英寸轻推入洞，结果每次都是别人赢。我可不喜欢他这样。”

“我想他大概是一个喜欢稳妥的人吧。”邦德尔说道。

“但这正好违背了高尔夫球的精神。”她父亲说道，“而且他对高尔夫球理论也没兴趣，他打球只是为了运动而运动，从不关心球打得好看不好看。那个当秘书的贝特曼就跟他很不一样。他感兴趣的是理论。我用三号匙杆老是打出曲线球，他说那主要是因为右臂的力量太大了，而且他还创造了一套相当有趣的理论，说打高尔夫球全靠左臂……关键在左臂的力量。他说他打网球时是左手握拍，但是打高尔夫球时就用普通的球杆，因为他的强项是在左手。”

“他打得非常好吗？”邦德尔问道。

“不，也不怎么样，”凯特勒姆勋爵老老实实地说道，“不过也可能是不经常打的缘故。我看他的理论也有点道理。啊哈！看到这一杆没有，邦德尔？正好从杜鹃花上面飞过去。太漂亮了。哎呀！要是每次都能打成这样……嗨，特雷德韦尔，什么事？”

特雷德韦尔对邦德尔说道：

“塞西杰先生打电话找您，小姐。”

一听此话，邦德尔全速跑回屋子，一边跑，一边喊：“洛兰，洛兰！”

她刚拿起听筒，洛兰就赶到了她的身边。

“喂，是你吗，吉米？”

“喂。你好吗？”

“很好，就是有点儿无聊。”

“洛兰怎么样？”

“她很好，她就在旁边。你要跟她说话吗？”

“等会儿吧，我有很多话要说呢。首先，我要到库特家去度周末，”他意味深长地说道，“听我说，邦德尔，你知道怎么弄到万能钥匙吗？”

“一点也不知道。带万能钥匙上库特家，有这个必要吗？”

“哦，我有预感，会派上用场的。你知不知道可以上哪儿去买？”

“除非找一个好心的妙手空空教你才行。”

“没错，邦德尔。可是我没能找到这样的朋友。我原以为你聪明的脑袋瓜能帮我解决这个问题呢。看来我还得找史蒂文斯帮忙了。说不定他会有奇怪的想法……先是一把枪管烤蓝的自动手枪……现在又是万能钥匙。他肯定会以为我加入黑帮了。”

“吉米？”邦德尔说。

“什么事？”

“听着……一定要小心，好吗？要是奥斯瓦德爵士发现你带着万能钥匙到处乱闯……呃，我想他会非常生气的。”

“谦谦君子上了被告席！好的，我会小心的。黑猩猩才是我真正害怕的家伙。他总是喜欢偷偷摸摸到处活动，不知道什么时候会突然冒出来。哪里不欢迎他，他就在哪里出现，真是个天才。不过你放心，相信我这个小英雄好了。”

“唉，真希望洛兰和我能去帮你。”

“谢谢你，我的护士小姐。其实，我倒有个计划……”

“是吗？”

“你和洛兰能不能找辆合适的汽车，明天早上让它正好在莱瑟伯利附近抛锚？那儿离你们家不太远吧？”

“四十英里，算不了什么。”

“我想也算不了什么……对你来说！不过千万别开快车伤了洛兰。我很喜欢洛兰。好啦，那就……十二点十五分至十二点半之间吧。”

“正好让他们邀请我们吃午饭？”

“正是这个意思。喂，邦德尔，我昨天碰到了那个叫袜子的女孩子，还有，你猜怎么着……特伦斯·奥罗克这个周末也要来！”

“吉米，你是不是觉得他……”

“唉……谁也不可轻信。大家都这么说。他是个野小子，胆大包天。我猜他可能加入了那个秘密组织，他和伯爵夫人是同伙。去年他一直在匈牙利。”

“可是他随时都可以偷走配方呀。”

“这恰恰是他不能干的。他必须在不被怀疑的情况下才可以下手。不过，顺着常春藤原路爬回自己的床……呃，这一招确实漂亮。现在听我的指示：跟库特夫人客套之后，你和洛兰务必缠住黑猩猩和奥罗克，直到午饭时间。明白吗？对你们这两位美女来说，应该不难办到。”

“美人计，我明白了。”

“实话实说而已。”

“得了吧。你说的我记住了。现在你要不要跟洛兰说话？”

邦德尔把听筒递给洛兰，知趣地走出了房间。

第二十七章 夜间冒险

这是一个阳光明媚的秋日下午，吉米·塞西杰来到了莱瑟伯利，受到了库特夫人的热情接待，但奥斯瓦德爵士表现冷淡，一脸的不高兴。吉米注意到库特夫人正拿着月老的目光打量着自己，于是不得不对“袜子”达文特里显出十二分的殷勤。

奥罗克也在，精神很好，显得很活跃。他打着官腔，有意对双足飞龙教堂发生的神秘事件避而不谈，引得袜子缠住他一个劲儿盘问。不过他打官腔的方式倒是很别致——添油加醋、无中生有、虚虚实实，弄得谁也猜不透事实的真相。

“四个拿枪的蒙面人？真的吗？”袜子严肃地问道。

“啊！我想起来了，有六七个人抓住我，强迫我把那玩意儿喝下去。肯定是毒药，然后我就什么都不知道了。”

“那么什么东西被偷走了，或者他们想偷什么东西？”

“除了悄悄给洛马克斯先生带过来，打算存入英格兰银行的那些俄国珠宝，还会有什么呢？”

“你真会骗人，”袜子冷冷地说道。

“骗人？那些珠宝是我最要好的朋友开飞机专门运过来的。我说的都是秘密哟，袜子。要是你不信，你去问问吉米 · 塞西杰好了，但并不是说我一定相信他说的话。”

“是真的吗？”袜子问道，“乔治 · 洛马克斯没戴假牙就冲下楼了？我很想知道。”

“有两把手枪，”库特夫人说道，“真讨厌。我亲眼看见的。这可怜的孩子没被打死真是奇迹。”

“唉，看来我注定是要被绞死的。”吉米自嘲道。

“我还听说有个令人惊艳的伯爵夫人，”袜子说道，“她勾引比尔。”

“她讲的关于布达佩斯的情况简直太可怕了，”库特夫人说道，“我永远也忘不了。奥斯瓦德，我们必须给那儿捐一些钱。”

奥斯瓦德爵士哼了一声。

“我会记下来的，库特夫人。”鲁珀特 · 贝特曼说道。

“谢谢你，贝特曼先生。我觉得人应该知道感恩。我简直无法想象奥斯瓦德爵士是怎么躲过这一劫的，幸亏没被窃贼开枪打死……更不要说没得肺炎。”

“别犯傻了，玛丽亚，”奥斯瓦德爵士说道。

“我一直就怕小偷。”库特夫人说道。

“要是哪天面对面碰到一个，那才叫刺激呢！”袜子自言自语地说道。

“你可别信那套，”吉米说道，“痛死人了。”他小心翼翼地摸了摸右胳膊。

“你可怜的胳膊好点没？”库特夫人问道。

“哦，现在没事了。只是什么事都得用左手，真讨厌。我左手不行。”

“每个小孩从小就应该学会双手并用。”奥斯瓦德爵士说道。

“噢！”袜子有点不懂装懂，“像海豹一样？”

“不是说水陆两栖，”贝特曼先生说道，“他说的是左右手都运用自如。”

“噢！”袜子肃然起敬地看着奥斯瓦德爵士，“您能吗？”

“当然，我两只手都能写字。”

“但不是同时写吧？”

“那不实用。”奥斯瓦德爵士简短地说道。

“哦，”袜子若有所思地说道，“同时写，那也太微妙了点儿。”

“现在在政府部门，”奥罗克先生开口说道，“如果一个人能让右手不知道左手在干什么，那是非常了不起的。”

“你能双手并用吗？”

“不行，我是地地道道的右手拥趸。”

“可是你发牌时用的是左手，”观察敏锐的贝特曼先生说道，“前些天晚上我就注意到了。”

“噢，那是两码事。”奥罗克先生平淡地说道。

这时传来一声低沉的锣声，大家都上楼梳妆打扮，准备吃晚饭。

吃过晚饭之后，奥斯瓦德爵士和库特夫人搭档，贝特曼和奥罗克做对家，玩起了桥牌，而吉米和袜子则度过了一个打情骂俏的黄昏。那天晚上，吉米上楼时听到的最后几句话，是奥斯瓦德爵士在对他妻子说：

“你永远也做不了一个桥牌手，玛丽亚。”

还有她的回答：

“我知道，亲爱的。你一向都这么说。你还欠奥罗克先生一英镑呢，奥斯瓦德。行啦。”

大约两个小时之后，吉米不声不响地——或者说他希望如此——溜下楼梯。他先是到餐厅很快地转了一圈，然后摸进奥斯瓦德爵士的书房。到了书房，他侧耳听了一会儿之后，便开始动手了。书桌的大部分抽屉都上了锁，但吉米抽出一根奇形怪状的铁丝，很快就把抽屉打开了。

他有条不紊地翻检着抽屉，每检查完一个抽屉，都会小心地把东西放回原处。有一两次他停下来屏息倾听，好像听见了远处传来轻微的响动。不过，他依然很镇定。

最后一个抽屉也检查过了。吉米这时知道了——或者说只要他稍微留神的话，他就知道了——很多跟钢铁有关的有趣情况；然而他想要的东西——有关赫尔·埃伯哈德先生发明的资料，或者跟神秘的七点钟能够搭上边的任何线索——却丝毫没有找到。或许，他本来就没有抱太大的希望。他只是抱着姑且一试的心态——并不期望有多少成果——除非撞了大运。

他又拉了拉所有的抽屉，确保该锁上的都锁好了。他知道鲁珀特·贝特曼那细致入微的观察力。然后，他环视四周，确认没有留下来过这里的蛛丝马迹。

“就这样吧，”他轻声地自言自语，“什么也没有。唉，也许明天上午运气会好一点……如果她们俩配合得好的话。”

他出了书房，随手把门带上，然后锁好。有那么一刹那，他仿佛听到身边很近的地方响了一下，但他马上断定是自己听错了。他不声不响地顺着大厅摸索着往前走。从高高的拱形天窗透进来的光线正好能让他看见路，不至于绊到任何东西。

他又一次听到一个细微的声响，这一次听得真真切切，绝对不可能听错。大厅里不止他一个人，还有别人，也和他一样蹑手蹑脚在走动。他的心怦怦直跳。

他猛地跳到电灯开关前，把灯打开。突如其来的亮光令他眨了下眼睛，但他还是看得很清楚。离他不到四英尺的地方，站着鲁珀特·贝特曼。

“天哪，黑猩猩，”吉米大叫道，“你吓了我一大跳，黑灯瞎火的，鬼鬼祟祟地到处走动。”

“我听到了一个响声，”贝特曼先生一本正经地解释道，“我以为是有小偷进来了，就下楼来看看。”

吉米若有所思地看着贝特曼先生穿的胶底鞋。

“你想的可真周到，黑猩猩，”他亲切地说道，“连要命的家伙也带上了。”

他的目光盯在贝特曼口袋里鼓鼓的东西上。

“以防万一嘛，谁知道会碰上什么人。”

“幸亏你没开枪，”吉米说道，“我都被枪打怕了。”

“我本来完全可以开枪。”贝特曼先生说道。

“你要真的开枪，那就严重违法了，”吉米说道，“开枪之前你必须先弄清楚那家伙是不是真的在偷东西。千万不要妄下结论。否则，你就不得不作出解释，为什么平白无故开枪打死一个像我这样清白无辜、只是随便转转的客人。”

“对了，你下楼干什么？”

“我饿了，”吉米答道，“想找点饼干。”

“你床边就有一听饼干，”鲁珀特·贝特曼说道。

透过角质镜框眼镜，他死死地盯着吉米。

“唉！老兄，这儿的管理出了岔子。是有一个铁罐子，上面写着

‘内有饼干，客人自取’。但是当我这个饥肠辘辘的客人打开来时，里面却什么也没有。所以我只好摸到餐厅去找。”

吉米天真地一笑，从睡衣口袋里掏出一把饼干。

一下子两人都没有说话。

“现在我该摸回去睡觉了，”吉米说道，“晚安，黑猩猩。”

他装出一副若无其事的样子上了楼梯。鲁珀特·贝特曼则跟在他身后。到了房门口，吉米停下来，似乎想再说一声晚安。

“真奇怪，饼干怎么会没了呢？”贝特曼先生说道，“你不会介意吧，如果我……”

“当然不会，老兄，你来找吧。”

贝特曼先生快步上前，打开饼干盒，里面果然是空的。

“太马虎了，”他嘀咕了一声，“好了，晚安。”

他转身离开了。吉米坐在床沿上，侧耳听了一会儿。

“好险，”他喃喃自语道，“黑猩猩疑心真重，好像从来不用睡觉似的，还带着枪四处闲荡，这个习惯真见鬼。”

他站起身来，打开墙角梳妆桌的一个抽屉——在各式各样的领带下面堆着一堆饼干。

“没办法了，”吉米说道，“看来得把这些该死的东西全吃掉。十有八九黑猩猩明天早上会偷偷摸摸过来查看的。”

他叹了口气，坐下来准备把那堆并不想吃的东西塞进肚子里。

第二十八章 疑点

邦德尔和洛兰把那辆西斯巴诺留在了附近的修车厂，当她们走进庭院大门时，刚好是约定的十二点。

看到这两个女孩进来，库特夫人颇为惊讶，但显然又很高兴，寒暄之后，硬是要她们留下来吃午饭。

奥罗克躺坐在一把巨大的扶手椅里，一见到她们立刻就极其兴奋地跟洛兰聊开了；而洛兰则一边聊着，一边听着邦德尔很在行地对西斯巴诺出现的机械故障进行解说。

“我们还说呢，”邦德尔最后说道，“真想不到，这辆车竟然会在这个地方抛锚！上次抛锚是星期天，在一个叫希尔山下小斯佩德灵顿的地方。我跟你们说，那个地方真是名副其实。”

“这个名字用在电影上会相当出彩。”奥罗克说道。

“可能是某个纯洁的乡下姑娘的出生地。”袜子说出了自己的看法。

“奇怪，”库特夫人说道，“塞西杰先生哪儿去了？”

“可能在弹子房，”袜子说道，“我去把他找来。”

她刚走不到一分钟，鲁珀特·贝特曼就来了，他还是跟往常一样，一副愁苦严肃的样子。

“什么事，库特夫人？塞西杰说您找我。你好，艾琳小姐……”

趁他跟自己打招呼的机会，洛兰马上跟他套上了近乎。

“噢，贝特曼先生！我一直想见见你。不是你告诉过我如果狗爪子一直痛该怎么办吗？”

这个秘书摇了摇头。

“肯定是别人跟你说的，韦德小姐。不过，说句实话，我还真的知道——”

“你真了不起，”洛兰打断了他的话，“无所不知。”

“每个人都应该时刻学习新的知识，”贝特曼一本正经地说道，“说说你的狗爪子……”

一旁的特伦斯·奥罗克悄悄地对邦德尔小声说道：

“周报上那些小豆腐块文章就是这种人写的，什么‘如何让铜护栏保持明亮’啦、‘杜泊甲虫是昆虫世界最有趣的一员’啦、‘芬格利斯印地安人的婚俗’啦，等等。”

“其实都是很普通的知识。”

“普通的知识？你还能找到更中听的字眼吗？”奥罗克先生说道，然后装模作样地补充了一句，“谢天谢地，我这个受过教育的人竟然对这些问题一无所知。”

“您这儿可以玩钟面式高尔夫球吧？”邦德尔对库特夫人说道。

“我倒愿意跟你较量一下，艾琳小姐。”奥罗克说道。

“咱们还是组队较量吧，”邦德尔说道，“洛兰，奥罗克先生和我，想跟你和贝特曼先生比一场。”

“一定要打，贝特曼先生，”见这位秘书犹豫不决，库特夫人说道，

“这个时候，奥斯瓦德爵士肯定不会有事找你的。”

四个人来到外面的草坪上。

“怎么样，聪明吧？”邦德尔对洛兰耳语道，“为我们女孩子的手段祝贺吧。”

比赛一直持续到将近一点才结束，最后，贝特曼和洛兰赢了。

“我想你会同意我的说法，搭档，”奥罗克先生说道，“我们更有运动员的风范。”

他和邦德尔稍微落后一点点。

“黑猩猩这家伙打得很谨慎……不愿冒任何风险。哼，我就喜欢孤注一掷。这是人生当中一句很好的格言，你不觉得吗，艾琳小组？”

“你没有因为孤注一掷而惹上过麻烦吧？”邦德尔笑着问道。

“当然有，好几百万次呢。不过，我还是奉行这句格言。真的，除非是刽子手的绞索，否则没有什么能够把我击垮。”

这时，只见吉米·塞西杰在房子的一角闲逛。

“邦德尔，没想到你在这儿！”他大声说道。

“你错过了一场精彩的比赛。”奥罗克说道。

“刚才我去散步了，”吉米说道，“这些漂亮的姑娘是从哪儿掉下来的？”

“我们是走路过来的，”邦德尔答道，“西斯巴诺开到半途中抛锚了。”

她又把车子抛锚的经过说了一遍。

吉米专心地听着，一副体谅的神情。

“不走运，”他允诺道，“如果修车要花不少时间的话，吃好饭之后我开车送你们过去吧。”

这时，那面锣又响了，他们全都进了屋子。邦德尔偷偷地观察吉米，发现他说话的声音中带有一种不同寻常的得意腔调，让她觉得一切都很顺利。

午饭之后，他们客气地跟库特夫人道了别，吉米则自告奋勇开着自己的车送她们去修车厂。引擎刚发动，两个女孩子便异口同声地问道：

“怎么样？”

吉米故意卖了个关子。

“什么怎么样？噢，谢谢关心。饼干吃太多了，有些消化不良。”

“出了什么事？”

“告诉你们吧，为了献身事业，我吃了太多的饼干。不过，我们的英雄退缩了吗？不，他没有。”

“唉，吉米——”洛兰嗔怪道。

吉米的心一软。“你们想知道什么？”

“噢，一切。我们干得不漂亮吗？我是说我们缠住了黑猩猩和特伦斯·奥罗克。”

“祝贺你们把黑猩猩玩得团团转。奥罗克可能还容易对付……但黑猩猩就大大不同了。只有一个词才可以形容他……上个星期的《星期日新闻荟萃》上的字谜游戏中有这个词——无所不在，说得太准确了。你到哪儿都没办法避开他……更糟的是他冒出来时还没声音。”

“你觉得他很危险吗？”

“危险？他当然没危险。谁会想到黑猩猩危险？太搞笑了。他就是一头蠢驴。不过，就像我刚刚说的，他是一头无所不在的蠢驴。他甚至不像一般人那样需要睡眠。老实说，这小子就是个该死的讨厌鬼。”

然后，吉米有些愤愤不平地把昨天晚上的事情叙述了一遍。

可是邦德尔并没有表示同情。

“我不知道你去那里偷偷摸摸地在干些什么。”

“为了七点钟，”吉米的回答很干脆，“我在找七点钟。”

“你觉得在这幢房子里能找到七点钟？”

“我原本以为可以找到一点线索。”

“但你没有？”

“昨天晚上没有……没找到。”

“可是今天上午，”洛兰突然插嘴道，“吉米，你肯定有了发现。看你的脸我就知道。”

“唉，也不知道有没有用。我在闲逛的时候……”

“你应该没有逛很远吧。”

“没多远，可以说只是在宅子里绕了个圈子。好啦，我刚才说过了，我不知道有没有用，我找到的是这个。”

他像变魔术似的取出了一只小瓶，抛给了两个女孩子。瓶子里面装着半瓶白色粉末。

“里面是什么？”邦德尔问道。

“一种白色粉末，这不是明摆着吗？”吉米说道，“对于爱读侦探小说的人来说，‘白色粉末’这个字眼一定不会陌生，而且有暗示作用。当然，如果化验结果证明它只是一种新型的牙粉，那就太令我失望和懊恼了。”

“你在哪儿找到的？”邦德尔突然问道。

“哦！”吉米说道，“这个可不能说。”

无论她们俩再怎么威逼利诱，吉米也毫不松口。

“修车厂到了，”他说道，“但愿高贵的西斯巴诺没有受委屈。”

修车厂的伙计递上一张五先令的账单，含糊其辞地说大概是几个螺母松了。邦德尔甜甜地一笑，支付了修理费。

“想想我们不用干活就有钱拿，真是不错啊。”她小声地对吉米说道。

他们三个人站在路上，谁也没有说话，每个人都在想着心事。

“我想起来了。”邦德尔突然说道。

“想起什么了？”

“我打算要问你的……差点儿忘了。你还记得巴特尔警司找到的那只手套吗？差不多烧没了的手套？”

“记得。”

“你不是说过他要你戴上试试？”

“嗯……稍稍大了些。说明戴手套的应该是个大块头。”

“我操心的可不是这个。大小没关系。当时，乔治和奥斯瓦德爵士都在场吧？”

“都在。”

“他完全可以请他们中的任何一位试试吧？”

“是的，当然……”

“可他没有，偏偏选了你。吉米，你不觉得有意思吗？”

塞西杰先生直愣愣地看着她。

“抱歉，邦德尔。今天我的脑袋瓜不像往常那么灵光，我不明白你在说些什么。”

“你明白吗，洛兰？”

洛兰摇了摇头，好奇地看着她。

“有什么特别吗？”

“当然有啦。你没瞧见吗……吉米的右手吊着绷带。”

“啊呀，邦德尔，”吉米缓缓地说道，“现在想想是有些奇怪，那是左手戴的手套。但巴特尔什么都没说。”

"他不想让人注意。让你来试就是为了转移注意，而且他只谈了手套的大小。但可以肯定的是，朝你开枪的人一定是左手拿枪。"

"这么说我们只要找左撇子就行了。"洛兰若有所思地说道。

"对，我还要跟你们说另外一件事。巴特尔曾经在一堆高尔夫球杆里翻来翻去，我想他是在找左撇子用的球杆。"

"哎呀！"吉米突然说道。

"怎么啦？"

"哦，没什么，只是有些奇怪。"

他把前一天在喝下午茶时的那番对话详细地叙述了一遍。

"这么说，奥斯瓦德·库特爵士能够双手并用？"邦德尔问道。

"对。而且我现在想起了在烟囱别墅的那天晚上……就是格里·韦德死的那天晚上……我闲着没事看他们打桥牌，但总觉得挺别扭的……后来才意识到有个人是用左手发牌。当然，那个人一定是奥斯瓦德爵士。"

三个人面面相觑。洛兰摇了摇头。

"像奥斯瓦德·库特爵士那样的人……不可能。他能从中得到什么好处？"

"看起来不合情理，"吉米说道，"不过……"

"七点钟有自己的一套，"邦德尔轻声说道，她想起了当初在七面钟俱乐部那个俄国人说的话，"万一奥斯瓦德爵士就是这样发迹的呢？"

"可是配方就在他自己的工厂里，何必在双足飞龙教堂来这么一场闹剧呢？"

"可能有很多种解释，"洛兰说道，"这跟你分析奥罗克先生是一样的。他不能引起别人对他的怀疑。"

邦德尔急切地点了点头。

“全都对上了。大家会怀疑包尔和伯爵夫人，谁会去怀疑奥斯瓦德·库特爵士？！”

“巴特尔可能怀疑到了。”吉米不紧不慢地说道。

邦德尔的记忆之弦又被拨动了——巴特尔警司从那个百万富翁的外套上弹下过一片常春藤的叶子。

巴特尔一开始就在怀疑他吗？

第二十九章 乔治·洛马克斯的异常举动

“洛马克斯先生来了，老爷。”

凯特勒姆勋爵吓了一大跳，他正全神贯注地琢磨该怎么避免使用左手腕力，丝毫没有察觉管家踏着软乎乎的草坪走过来。他看着特雷德韦尔，眼神中与其说是生气，不如说是悲哀。

“吃早饭的时候我不是跟你说了嘛，特雷德韦尔，今天上午我特别忙。”

“是的，老爷，可是……”

“去跟洛马克斯先生说你弄错了，说我到村子里去了，说我得痛风起不来了。实在不行的话，就说我死了。”

“老爷，洛马克斯先生开车过来时已经看见您了。”

凯特勒姆勋爵重重地叹了口气。

“有可能。好吧，特雷德韦尔，我就来。”

凯特勒姆勋爵是一个很有特点的人，当他表现出和蔼可亲时，实际上他内心的情感却可能正好相反。此时，他正以无比的热情欢迎乔治的到来。

“老兄，我亲爱的老兄，真高兴见到你，高兴极了。请坐，喝点什么。嗯，嗯，很好！”

他连推带拉地把乔治按到一把大扶手椅上，自己则在他的对面坐下，不安地眨着眼睛。

“我特别想见见你。”乔治说道。

“哦！”凯特勒姆勋爵敷衍地说道，他的心往下一沉，脑子却飞快地转动，思索着这一句简单的话语背后所暗藏的各种可怕的可能性。

“特别特别想。”乔治又强调了一遍。

凯特勒姆勋爵的心越发往下沉。他觉得事情可能比自己想象的还要糟。

“什么事？”他努力显出一副若无其事的样子。

“艾琳在家吗？”

凯特勒姆勋爵松了口气，但又稍稍吃了一惊。

“在，在，”他答道。“邦德尔在家，正和她的朋友在一起……那个叫韦德的小女孩。非常不错的女孩子……很不错，将来准会成为一个非常出色的高尔夫球手，打球的动作相当优美——”

他喋喋不休地想继续说下去，但乔治毫不客气地打断了他。

“很高兴艾琳在家，现在我可以跟她说说话吗？”

“当然可以，亲爱的老兄，当然可以。”凯特勒姆勋爵仍然感到惊讶，不过内心也泛出了如释重负的欣喜。“要是你不嫌麻烦的话。”

“一点儿也不麻烦，”乔治说道，“凯特勒姆，恕我直言，你几乎没有意识到艾琳已经长大成人。她不再是个小孩子了，她已经是个成熟的女性了，照我说，是个很有才气和魅力的女性了。要是哪个男人能赢得她的芳心，他真是幸运极了。我再说一遍……幸运极了。”

"噢，也许吧，"凯特勒姆勋爵说道，"但她是个闲不住的人，从来就不肯在一个地方安安心心地待上几分钟。不过，现在的年轻人也许不在乎这个吧。"

"她那是不喜欢死气沉沉。艾琳有头脑，凯特勒姆，而且有抱负。她对当今的一些问题很有兴趣，而且愿意用清新生动的年轻头脑去思考。"

凯特勒姆勋爵直愣愣地盯着他。他怀疑乔治也得上了人们常常说的那种"现代生活压力症"。在他看来，乔治对邦德尔的这番描述完全是荒唐可笑。

"你没什么不舒服吧？"他不安地问道。

乔治不耐烦地摆了摆手。

"凯特勒姆，也许，你对我今天上午来拜访你的意图也略知一二了吧。我这个人从来就不会草率地承担新的责任。我想，我对自己的身份和地位还是有恰如其分的认识的。这件事我已经深思熟虑过了。婚姻，尤其是对我这么个年龄的人来说，不经过……呃……全面缜密的考虑是不会草率行事的。门当户对、志趣相投、大致相配，还有相同的宗教信仰……这一切都是必不可少的，而且还要权衡利弊得失。我想，我能够给艾琳一个不容轻视的社会地位，艾琳也会为这个地位增添光彩。论出身和教养她都很般配，而且她的智慧和敏锐的政治头脑只会给我助力，让我们双方更上一层楼。凯特勒姆，我知道……呃……年龄上我们是有一些差距，不过你完全可以放心，我精力充沛……正是最旺盛的时候。丈夫的年龄大一点无所谓。再说，艾琳是个情趣严肃的人……年龄大一些的男人比既缺乏经验又没有才干的纨绔子弟更适合她。我可以向你保证，我亲爱的凯特勒姆，我会珍爱她……呃……她的美妙青春，我会疼惜她……呃……她的青春会得到我的疼惜的。看到她的心扉在我眼前像花朵一样绽放……那是多么的荣幸啊！但一想到如果我实现不了……”

他恳求地晃了晃头。凯特勒姆勋爵见他有些话说不出口，便一脸茫然地说道：

“老兄，你该不会是……想娶邦德尔为妻吧？”

“你肯定很吃惊，对你来说太突然了。那么，能不能让我跟她谈谈？”

“噢，可以，”凯特勒姆勋爵说道，“如果你想得到我的允许……当然可以。不过听我说，洛马克斯，换成是我，我真的不会这样做。回家再好好想一想吧。数二十下，掂量掂量再说。求婚不成总是丢人现眼的。”

“凯特勒姆，我知道你是一番好意，但我必须说你的这种说法有些奇怪。我已经下定决心了，可以见见艾琳吗？”

“噢，这跟我没关系，”凯特勒姆勋爵赶忙说道，“艾琳的事向来都是她自己拿主意。要是她明天跑过来告诉我她要嫁给开车的司机，我也不会反对的。现在就是这个样子。如果你对孩子不是百依百顺，他们就会闹翻天，搞得你不得安宁。我跟邦德尔说，‘你爱怎样就怎样，只要不来烦我就行。’好在总体上，真的，她的表现还是好极了。”

乔治站起身来，打算去实现此行的目的。

“我上哪儿能找到她？”

“唉，说真的，我不知道，”凯特勒姆勋爵含糊其辞地说道，“哪儿都有可能。就像刚才我说的，她在一个地方从来待不住两分钟，一刻也闲不住。”

“我猜韦德小姐大概跟她在一起吧？依我看，凯特勒姆，最好还是你把管家叫来，吩咐他去找找，说我想跟她谈几分钟。”

凯特勒姆勋爵按照乔治的意思按响了铃。

“噢，特雷德韦尔，”见管家应声开门进来，他说道，“去把小姐找来，跟她说洛马克斯先生急着要在客厅跟她说几句话。”

“好的，老爷。”

特雷德韦尔退了出去。乔治紧紧抓起凯特勒姆勋爵的手，热情地握着，握得凯特勒姆很不舒服。

“万分感谢，”他说道，“但愿你能得到好消息。”

他匆匆忙忙地离开了房间。

“唉，”凯特勒姆勋爵说道，“唉！”

安静了好大一会儿，他又自言自语道：

“邦德尔到底干了些什么呀？”

房门又被打开了。

“埃弗斯利先生找您，老爷。”

比尔一进来，凯特勒姆勋爵就抓住他的手，急切地说道：

“嗨，比尔，你大概是来找洛马克斯吧？听我说，如果你愿意帮忙，赶快到客厅去跟他说内阁要召开紧急会议，或是随便找个借口把他支走。让那个可怜的家伙出洋相就太不应该了。”

“我不是来找老鳕鱼的，”比尔说道，“我不知道他也在这儿。我想见的是邦德尔，她在吗？”

“你不能见她，”凯特勒姆勋爵说道，“反正现在不行。乔治正跟她在一起。”

“哦……这有什么关系？”

“我想确实有点关系，”凯特勒姆勋爵说道，“此刻他也许正语无伦次呢，我们千万不能再给他雪上加霜了。”

“他在说些什么呢？”

“天知道，”凯特勒姆勋爵说道，“反正是一大堆该死的胡话。别多嘴，这一直是我的座右铭。抓住女孩的手，顺其自然就是了。”

比尔瞪着他。

“听我说，先生，我有急事。我必须跟邦德尔谈谈……”

“哦，我猜你用不着等多久。老实说，有你在这儿我很高兴……洛马克斯要是没希望了，我想他还是会坚持回来再跟我谈的。”

“什么没希望？洛马克斯在干什么？”

“嘘，”凯特勒姆勋爵说道，“他在求婚。”

“求婚？求什么婚？”

“向邦德尔求婚。不要问我为什么，我猜他大概是到了人们所谓的危险年龄。我只能这样解释。”

“向邦德尔求婚？这个下流坯，都这么一大把年纪了。”

比尔的脸涨得通红。

“他说他正当壮年，最旺盛的时候。”凯特勒姆勋爵小心地说道。

“他？啊呀，他都老得……老得不中用了！我……”比尔气得说不出话来。

“不见得，”凯特勒姆勋爵冷冷地说道，“他比我小五岁。”

“真是脸皮厚到极点！老鳕鱼跟邦德尔？像邦德尔那样的女孩子？你不应该答应的。”

“我从来不干涉。”凯特勒姆勋爵说道。

“你应该告诉他你对他的印象。”

“可惜现代文明不允许呀，”凯特勒姆勋爵不无遗憾地说道，“如果是在石器时代……啊呀，就算是那个时代我恐怕也无能为力……不能做个小人。”

“邦德尔！邦德尔！唉，我从不敢开口要邦德尔嫁给我，因为我知道她听了会一笑了之。而乔治……让人作呕的家伙，夸夸其谈、寡廉鲜耻的伪君子……卑鄙下流、自吹自擂的混蛋……”

“接着说，”凯特勒姆勋爵说道，“我喜欢听。”

“天哪！”比尔干脆地说道，“听我说，我待不下去了。”

“不，不，不要走。我很想你留下来。再说了，你不是还要见邦德尔吗？”

“现在不见了，我一点心思都没了。你不会碰巧知道吉米·塞西杰在哪儿吧？我相信他前段时间住在库特家。他还在那儿吗？”

“他可能在昨天回城里去了。邦德尔和洛兰星期六去过那儿。如果你肯等一下……”

比尔使劲摇了摇头，冲出了房间。凯特勒姆勋爵踮着脚走进外面的大厅，抓起一顶帽子急忙从侧门跟了出来。远处，他看到比尔开着车一溜烟跑了。

“这样会出事的。”他心想。

然而，比尔却平平安安地到了伦敦。他先把车停在圣詹姆斯广场，然后找到了吉米·塞西杰的住处。吉米正好在家。

“嗨，比尔。怎么啦？你看起来不像平常那么快活嘛。”

“我正担心呢，”比尔说道，“我本来就担心，接着又出了一件事，令我震惊。”

“噢！”吉米说，“明白了！是什么事？我能帮上忙吗？”

比尔没有回答。他坐在那儿，眼睛看着地毯，看上去困窘不安。吉米一下子觉得很好奇。

“是不是碰到了什么怪事，比尔？”他轻声问道。

“怪极了，我搞不懂是怎么回事。”

“跟七面钟有关？”

“嗯……跟七面钟有关。今天上午我收到了一封信。”

“一封信？什么样的信？”

“罗尼 · 德弗卢的遗嘱执行人寄来的信。”

“天哪！都这么久了！”

“好像他留下了什么话，说如果他突然身故，会叫别人把一个封好口的信在他死后两个星期寄给我。”

“已经寄给你了？”

“嗯。”

“你打开看过了？”

“是。”

“哦……里面有些什么？”

比尔瞥了吉米一眼，眼神中流露出的怪异和难以琢磨，不由得令吉米吃了一惊。

“听我说，”他说道，“振作一点，老兄。不管信里是什么，好像你都被吓着了。先喝一杯压压惊吧。”

他倒了一杯加苏打水的威士忌递给比尔，比尔顺从地接过来喝了，但他的脸上仍然是刚才那副茫然的表情。

“信上说的东西，”他说道，“简直匪夷所思。”

“噢，胡说，”吉米说道，“你必须养成习惯，相信吃早饭之前会发生六件不可能的事。我经常是这样。好了，说来听听吧。请等一下。”

他走了出去。

“史蒂文斯？”

“有什么吩咐，先生？”

“出去买些香烟，好吗？我抽完了。”

“好的，先生。”

吉米一直等到听见前门关上的声音，才又回到客厅。

比尔正好放下手中的空杯子。他看起来好多了，比刚才坚强了一些，也更能控制自己了。

“好了，”吉米说道，“我把史蒂文斯打发出去了，没有人会偷听我们的谈话。你打算把一切都告诉我吗？”

“太匪夷所思了。”

“那么肯定是真的。好了，都说出来吧。”

比尔深深地吸了一口气。

“我会的，把一切都告诉你。”

第三十章 紧急召集

洛兰正在逗弄一只很可爱的小狗。这时，离开了二十分钟的邦德尔回来了，她上气不接下气，脸上一副无法名状的表情，令洛兰微微地吃了一惊。

邦德尔一屁股坐进花园里的一把椅子，还在喘气。

“怎么啦？”洛兰好奇地问道。

“都是乔治……乔治·洛马克斯。”

“他怎么啦？”

“向我求婚，真是太可怕了。他结结巴巴、语无伦次，但还是坚持说完了……肯定是从哪本书上学来的。我根本没办法打断他。噢，我多痛恨那些胡说八道的男人啊！更倒霉的是，我不知道该怎么回答才好。”

“你一定知道你想做什么吧。”

“我当然不会嫁给一个像乔治那样癫狂的老白痴。但我不知道礼仪书上对这种情况是怎么解释的，我只能干脆地说：‘不，我不愿意。’

我的回答应该像他对我说的话那样有幽默感、让人发笑才对，但我当时实在是太慌张了，最后只好从窗子里逃出来，还把窗子栓上了。”

“是吗，邦德尔？那可不像是你的风格。”

“唉，我做梦也想不到会发生这种事。乔治……我一直以为他很讨厌我……而且他的确讨厌我。假装对男人热衷的话题也有兴趣，真是要命啊。你要是听了就知道了，乔治满口胡说什么我这少女的头脑，还有他多么乐于塑造我的头脑。唉，我的头脑！如果乔治知道一点点我的心思，他准会吓得昏倒在地！”

洛兰忍不住哈哈大笑。

“唉，我知道这是我的错。我是自找的。我爸爸在杜鹃花那儿躲躲闪闪呢。嗨，爸爸。”

凯特勒姆勋爵面有愧色地走过来。

“洛马克斯走了？”他强作亲切地说道。

“瞧您干的好事，”邦德尔说道，“乔治跟我说他得到了您的赞同和鼓励。”

“唉，”凯特勒姆勋爵说道，“那你指望我怎么说呢？其实，我根本没那么说，类似的话也没说过。”

“我才不会相信您会这么说呢，”邦德尔说道，“一定是乔治把您逼得没有退路了，只好无可奈何地点头同意吧。”

“正是如此。他怎么样？很糟吗？”

“我还没来得及看他的反应，”邦德尔答道，“恐怕我做得太粗鲁了。”

“噢，”凯特勒姆勋爵说道，“或许这是最好的办法。谢天谢地，洛马克斯以后再也不会像以前那样老是来烦我了。正所谓一切都会好起来的。你有没有看到我的小头铁球杆？”

“大概打一两杆可以让我定下神来，”邦德尔说道，“我跟你比一局，赌六便士，洛兰。”

一个小时就这样平静地过去了。他们三人愉快地回了屋，只见大厅的桌子上放着一张字条。

“是洛马克斯先生留给您的，老爷，”特雷德韦尔解释道，“他很失望您出去了。”

凯特勒姆勋爵打开字条，旋即痛苦地大叫一声，转身面向他的女儿。这时，特雷德韦尔已经退了下去。

“是吗，邦德尔，你大概把自己的意思说得够清楚了吧？”

“您这话是什么意思？”

“哼，你来看看吧。”

邦德尔接过字条，念道：

> 我亲爱的凯特勒姆——很遗憾未能跟你谈一谈。我想我已经说得很清楚了，在见过艾琳之后还要再来见你的。她这可爱的孩子，显然没有察觉我对她的那份感情。恐怕她是吓了一大跳。我无意催她作出决定，她所表现出的那种少女的慌乱非常动人，让我对她更加有了好感，我很欣赏她那淑女般的矜持。我必须给她一些时间来适应我的想法。她的慌乱表明她对我并非完全无动于衷，我对最后的成功毫不怀疑。
>
> 相信我，亲爱的凯特勒姆。
>
> 你忠诚的朋友
>
> 乔治·洛马克斯

“唉，”邦德尔说道，“唉，我真该死！”

她说不下去了。

“这家伙准是疯了，”凯特勒姆勋爵说道，“谁能写出这种话来，邦德尔，除非他脑子坏了。可怜的家伙，可怜的家伙。不过他又是那么执著！难怪进了内阁。要是你真的嫁给他，这家伙可就更得意了，邦德尔。”

这时，电话铃声响起，邦德尔走过去接。才一转眼的工夫，她就把乔治以及求婚的事都抛在脑后了。她急切地朝洛兰招了招手，而凯特勒姆勋爵也回到自己的书房去了。

“是吉米，”邦德尔说道，“他因为某件事情非常兴奋。”

“谢天谢地，总算找到你了，”电话里传来吉米的声音，“现在是刻不容缓。洛兰也在吗？”

“是的，她在。”

“好的，听我说，我没时间解释了……电话里也说不清。比尔来我这儿，跟我说了一件最匪夷所思的事。如果他说的是真的……哦，如果真有其事的话，那么这将是本世纪最大的独家新闻。好了，听我说，你们必须照我说的话去做。马上到城里来，你们俩都来。找个地方把车停好，然后直接去七面钟俱乐部。到了那儿之后，你能不能把那个看门的家伙支走？”

“阿尔弗雷德？没问题。交给我好了。”

“好。把他支走之后，留神等我和比尔。不要站在窗口，以免别人发现。如果看到我们的车一到，就放我们进去。明白了吗？”

“明白了。”

“很好。噢，邦德尔，不要让别人知道你们进城。找个借口，就说你要送洛兰回家。你看这样行不行？”

“好极了。喂，吉米，我都兴奋得发抖了。”

“而且，动身之前，你不妨先立好遗嘱。”

“那更好，你越这么说我越兴奋。不过我很想知道究竟是怎么一回事。”

“一见面你就会知道的，现在就说这么多。我们要给七点钟一个出其不意！”

邦德尔挂上听筒，把电话里的谈话向洛兰作了简单介绍。洛兰赶忙冲上楼去，匆匆收拾行李，邦德尔则探头进了她父亲的房间。

“我要送洛兰回家去了，爸爸。”

“哦？我不知道她今天要走。”

“他们要她回去，”邦德尔含糊地说道，“刚来过电话。再见了。”

“喂，等一等，邦德尔。你什么时候回来？”

“没准。说回来就回来了。”

随口说了这句话之后，邦德尔便冲上楼去，戴上帽子，套上皮大衣，做好了出发的准备。她事先已经吩咐仆人把西斯巴诺开过来等着了。

除了邦德尔惯常的飞车表演惹来的一些麻烦事之外，前往伦敦的旅途一切顺利。她们把车停在一个修车厂，然后直奔七面钟俱乐部。

阿尔弗雷德给她们开了门。邦德尔毫不客气地走了进去，洛兰则跟在她身后。

“把门关上，阿尔弗雷德，”邦德尔说道，“我是特地来帮你的，警方在找你。”

“啊，小姐！”

阿尔弗雷德的脸色一下子变得惨白。

“我赶过来告诉你，是因为那天晚上你帮过我，”邦德尔急匆匆地接着说道，“警方拿到了拘捕莫斯葛洛夫斯基先生的拘捕令，你最好赶快收拾收拾离开这里。如果他们没有在这里找到你，你就不会有麻烦了。这儿有十英镑，给你作路费吧。”

三分钟之后，语无伦次、吓得半死的阿尔弗雷德就离开了汉斯坦街十四号。他的脑子里只有一个念头——永远不再回来。

“好了，这件事办好了。”邦德尔满意地说道。

“有必要这么……呃……这么极端吗？”洛兰提出了异议。

“这么做更保险，”邦德尔说道，“我不知道吉米和比尔打算干什么，但我可不想阿尔弗雷德闯回来坏事。喂，他们来了，果然没浪费多少时间。也许是在角落里等着，看到阿尔弗雷德走掉吧。去给他们开门，洛兰。”

洛兰开了门。吉米·塞西杰从驾驶座上下来。

“你在这儿等一下，比尔，”他说道，“要是发现有人在监视，你就按喇叭。”

他跑上台阶，随手把门带上。他脸色发红，一副兴高采烈的样子。

“嗨，邦德尔，你来啦。现在，我们开始行动吧。你上次进的那个屋子的钥匙在哪里？”

“是楼下房间钥匙中的一把。我们最好把那串钥匙都带上。”

“说得对，赶快，时间很紧。”

钥匙很快就找到了，打开那道衬有粗呢布的门，他们三人一起走了进去。里面还是跟邦德尔上次看见的一模一样，桌子旁摆放着七把椅子。吉米默不作声地打量了一会儿，然后，他的目光落到了那两个壁橱上面。

“你上次躲在哪个壁橱里，邦德尔？”

“这个。”

吉米走过去猛地把橱门打开，里面的架子上还是原先那些五花八门的玻璃器皿。

“我们得把这些东西都弄走，”他咕哝道，“洛兰，快跑下去找比尔上来，他不用在外面把风了。”

洛兰跑出去了。

“你要干什么？”邦德尔不耐烦地问道。

吉米双膝跪在地上，试着从另一个壁橱门上的裂缝向外窥探。

“等比尔上来你就全知道了。这是他的差事……呃……洛兰怎么这么快就上楼了，好像身后有疯牛在追一样？”

洛兰确实是以最快的速度飞奔上楼。她冲到他们面前，面如死灰，神情慌张。

“比尔……比尔……噢，邦德尔……比尔！”

“比尔怎么啦？”

吉米抓住了她的肩膀。

“看在老天的分儿上，洛兰，出什么事了？”

洛兰仍然喘不过气来。

“比尔……我想他死了……他还在车里……可是一动不动，也不说话。我敢肯定他死了。”

吉米低声骂了一句，跳起来飞快下楼。邦德尔紧跟其后，她的心怦怦直跳，恐惧的感觉袭遍全身。

比尔……死了？哦，不！哦，不！不会的。老天保佑……不要这样。

她和吉米来到车前，洛兰则跟在他们身后。

吉米往车篷下一瞅，比尔还是像他离开时那样坐着，靠在椅背上。但他的双眼紧闭着，吉米拉了拉他的胳膊，没有任何反应。

“真搞不懂，”吉米低声说道，“不过他没死。打起精神来，邦德尔。听我说，我们得把他弄进屋里。但愿不要有警察过来。要是有人看见了，就说是我们的朋友，他生病了，我们要把他扶进去。”

他们三人没费什么劲儿就把比尔弄进了屋，也没有引起多少注意。只有一个不修边幅的路人看见并表示了同情，还自以为聪明地点了点头。

“到楼下后面的小房间去，”吉米说道，“那里有一张沙发。”

他们顺利地把他安顿在沙发上，邦德尔跪在他的身旁，握住了他软弱无力的手腕。

“还有脉搏，”她说道，“他是怎么啦？”

“刚才我离开时他还好端端的，”吉米说道，“会不会是有人给他注射过什么东西。这很容易……只要扎一下就行。下手的人可能是假装问时间。我必须马上去找个医生来。你们留在这里照顾好他。”

他匆匆走到门口，又停住了脚。

“听着……别害怕。不过最好还是把枪留给你们。我是说……以防万一。我会尽快回来的。”

他把手枪放在沙发旁的小桌子上，然后匆匆离开了。她们听见他随手把前门关上了。

此时，屋子里显得非常寂静。两个女孩一动也不动地守在比尔身旁。邦德尔仍然握着他的手腕，脉搏好像越来越快，而且很不规则。

“但愿我们能做点什么，”她轻声地对洛兰说道，“太可怕了。”

洛兰点了点头。

“我知道。吉米走了好像有好几年了，但其实才不过一分半钟。”

“我老是听见有动静，”邦德尔说道，“楼上有脚步声，还有地板发出的咯吱声……但愿都是幻觉。”

“我不明白吉米为什么要把枪留给我们，”洛兰说道，“不可能有什么危险。”

“如果他们把比尔……”邦德尔说了半截就打住了话头。

洛兰哆嗦了一下。

“我明白……不过我们是在屋子里。谁走进来我们都听得见；再说了，我们还有这把枪呢。”

邦德尔又把注意力转回到比尔身上。

“但愿我知道该怎么做。热咖啡，有时候热咖啡管用。”

“我包里有些溴盐，”洛兰说道，“还有些白兰地。咦，我的包呢？噢，一定是落在楼上了。”

“我去拿，”邦德尔说道，“可能有用。”

她迅速地上了楼，穿过赌博室那扇开着的门，走进了那间隐秘的会议室。洛兰的包就在桌上。

就在邦德尔伸手去拿时，她听见身后传来声响。门背后站着一个人，手里拿着个沙袋，早就在那儿等着了。还没等邦德尔转过头来，他就出手了。

邦德尔轻轻地哼了一声，身子滑倒在地，不省人事。

第三十一章 七面钟

过了很久，邦德尔才慢慢苏醒过来。她眼前一片漆黑，头晕目眩，还伴有剧烈的阵痛。她听见一些说话声，一个她非常熟悉的声音一遍又一遍地说着那么几句话。

接下来，眩晕的感觉不再那么强烈了，很明显，阵痛的部位在自己的头上。此刻，她已经恢复过来了，慢慢地听清楚了耳边不断重复的说话声。

“亲爱的，亲爱的邦德尔。噢，亲爱的邦德尔。她死了，我知道她死了。噢，我亲爱的。邦德尔，亲爱的，亲爱的邦德尔。我真的很爱你。邦德尔……亲爱的……亲爱的……”邦德尔双眼紧闭，静静地躺着。此刻她已经完全恢复了知觉。比尔的双臂正紧紧地搂住她。

“邦德尔，亲爱的……噢，我最亲爱的，亲爱的邦德尔。噢，我亲爱的人儿。噢，邦德尔……邦德尔。我该怎么办啊？噢，亲爱的人儿……我的邦德尔……我最最亲爱的邦德尔。噢，天哪，我该怎么办啊？是我把你害了，是我把你害了。”

邦德尔不情愿地——非常不情愿地开口说话了。

“不，你没害我，你这个白痴。”她说道。

比尔大吃一惊，松了一口气。

“邦德尔……你还活着？”

“当然活着。”

“你醒了多久了……我是说你是什么时候苏醒过来的？”

“大约有五分钟了。”

“你为什么不睁开眼睛……或是开口说话？”

“不想嘛。我正乐着呢。”

“乐着？”

“对啊。听得津津有味呢。你再也说不出那么动听的话了。你太腼腆了，会不好意思的。”

比尔一脸羞红。

“邦德尔……你真的不在意？听我说，我真的非常爱你，都好几年了，但我从不敢告诉你。”

“你这大傻瓜，”邦德尔说，“为什么不？”

“我以为你会嘲笑我。我是说……你这么聪明，这么优秀……你肯定会嫁给一个大人物。”

“像乔治·洛马克斯这样的？”邦德尔试探着问道。

“我不是说像老鳕鱼那样的蠢驴，而是真正配得上你的好小伙……可我不认为有谁配得上你。”比尔说道。

“你真是太可爱了，比尔。”

“可是，邦德尔，说正经的，你真的能……我是说，真的能那样吗？”

“能哪样？”

“嫁给我。我知道我很蠢……但我真的爱你，邦德尔。我愿意做你的狗，做你的奴隶……做什么都行。”

“你真的很像一条狗，”邦德尔说道，“我喜欢狗。它们那么友善、那么忠诚、那么热情。我想也许我能嫁给你，比尔……下定决心。”

听邦德尔这么一说，比尔惊得一松手，身子直往后缩。他一脸惊诧。

“邦德尔……你没说错吧？”

“真是没办法，”邦德尔说道，“我还是昏过去得了。”

“邦德尔……亲爱的……”比尔把她搂在怀里。他的身子激烈地颤抖着，“邦德尔……你是说真的……是吗？……你不知道我有多爱你。”

“噢，比尔。”邦德尔说道。

接下来十分钟的对话就不用细细描述了，因为大部分是上面这些话的重复。

“你真的爱我吗？”比尔松开了她，不敢相信地说道，他已经是第二十次说这句话了。

“真的……真的……真的。现在我们得理智一点，我的头还很痛，你还搂得这么紧，我差点被你搂死了。我要冷静想一想。我们是在什么地方，出了什么事了？”

邦德尔这才第一次考虑起周围的情况来。原来他们是在一间密室里，她发现这间房门也衬有粗呢布，还可能上了锁。看来，他们是被人囚禁了！

邦德尔转头看着比尔。他只知道爱慕地望着她，根本没注意她提出的问题。

“比尔，亲爱的，”邦德尔说道，“你冷静一下，我们得想办法出去。”

“嗯？”比尔说道，“什么？噢，是的。没问题，很容易。”

“是不是爱情让你有了错觉？”邦德尔说道，“我自己也有这种感觉，好像一切都很简单，都不成问题。”

“的确如此，”比尔说道，“既然我知道了你喜欢我……”

“别说了，”邦德尔说道，“再这样说下去，就没法做正事了。你要是再不冷静下来，再不理智起来，我很可能就要改变主意了。”

“我不会让你改变主意的，”比尔说道，“你不会以为我真的这么蠢，傻乎乎得让你溜走吧？”

“你总不至于强迫我吧？”邦德尔夸张地说道。

“不至于吗？”比尔说道，“你瞧好了，我就这么一句话。”

“你真是太可爱了，比尔。我还担心你太温顺了呢，看来这种担心是多余的。再过半小时，你就会对我指手画脚了。噢，亲爱的，我们又开始说傻话了。听我说，比尔，我们得想办法出去。”

“我跟你说了这没问题。我……”

邦德尔用手按了他一下，他会意地没有说下去。邦德尔身子前倾，侧耳聆听。没错，她听到外面有脚步声传来。钥匙插进锁孔里转动了一下。邦德尔屏住了呼吸——是吉米来救他们了，还是别的什么人？

门打开了，大胡子莫斯葛洛夫斯基先生站在门槛外面。

比尔立即跨步向前，挡在邦德尔身前。

“听着，”他说道，“我想跟你单独谈谈。”

那个俄国人并没有很快回答，他只是站在那儿，捋着他那又长又滑的浓密胡须，默不作声地微笑着。

“这么说来，”他终于开口说道，“是那么回事了。很好。这位小姐请跟我走。”

“没事的，邦德尔，”比尔说道，“都交给我好了。你跟这家伙去。

不会有人伤害你的。我自有打算。”

邦德尔顺从地站了起来。她还是第一次听到比尔以命令式的口气说话。他似乎有绝对的把握，足以应付这一切。邦德尔有些纳闷，不知比尔打的是什么主意。

她走出了密室，那个俄国人跟在她身后，顺手把门带上，又锁上了门。

“请这边走，”他指了指楼梯，邦德尔顺从地上了楼。到了楼上，她被带到一间散发着霉味的小房间，她想这就是阿尔弗雷德的卧室。

莫斯葛洛夫斯基说道：“请在这儿静静地等着吧，不要弄出声音。”

说完他就出去了，随手把门带上，又上了锁。

邦德尔找了一把椅子坐下。她的头仍然痛得厉害，几乎无法思考。比尔似乎胸有成竹，她想，迟早会有人来救她出去。

时间一分一秒地过去。邦德尔的手表停了，但她估计从那个俄国人把她带到这儿，已经过去了一个多小时。出什么事了？究竟出什么事了？

终于，她听见楼梯上传来脚步声，还是莫斯葛洛夫斯基。他郑重其事地说道：

“艾琳·布伦特小姐，有人希望你出席七面钟协会的一次紧急会议。请跟我来。”

他领着邦德尔走下楼梯。接着，他打开密室的门，邦德尔走了进去，她惊讶得几乎无法呼吸。

她又一次目睹以前曾经从那个窥视孔看见的情景。蒙着面具的人围坐在桌旁。她愣愣地站在那儿，呆呆地看着眼前的景象。这时，莫斯葛洛夫斯基坐到了他的位子上，和上次一样，戴好了自己的钟面面具。

不过，这一次桌首上有人。七点钟正坐在他的位子上。

邦德尔的心怦怦直跳。她站在桌子的下首，正好和他面对面。她死死地盯着那张面具，面具上是一个钟面，挡住了这个人的脸。

他一动不动地坐着，邦德尔有了一种奇怪的感觉，这个人的身上似乎散发出一股力量。他一动不动，但并非弱不禁风。她非常希望，近乎歇斯底里地希望他能开口说话，希望他能有所表示，或者做个手势——而不只是静静地坐在那儿，像一只巨大的蜘蛛那样盘坐在蜘蛛网的中央，无情地等待猎物自投罗网。

她打了个哆嗦。这时，莫斯葛洛夫斯基站起身来。他的声音柔和圆润，颇为动听，又似乎远得出奇。

"艾琳小姐，你未获邀请出席本协会的秘密会议，因此有必要让你了解我们的目标和抱负。你可能看到了，两点钟的位子上没人，那个位子是给你的。"

邦德尔喘了口气。不是在做噩梦吧？她，艾琳 · 布伦特，正被邀请加入一个秘密组织，这怎么可能？比尔是不是也得到了同样的邀请？他是不是愤怒地拒绝了？

"恕不能从命。"她不客气地说道。

"不要轻率回答。"

她想，莫斯葛洛夫斯基肯定正躲在钟面面具下暗自发笑呢。

"艾琳小姐，你还不知道自己要拒绝的是什么。"

"我猜也猜得中。"邦德尔答道。

"是吗？"

是七点钟的声音。这声音让邦德尔隐隐约约记起了什么，在哪儿听见过……

七号缓缓地抬起手，笨手笨脚地解开了面具。

邦德尔屏住呼吸，终于——她就要知道一切了。

面具拿了下来。

邦德尔发现自己面对的，是巴特尔警司那张毫无表情、木然的脸。

第三十二章 邦德尔目瞪口呆

“正是我！”巴特尔说道，话音未落，莫斯葛洛夫斯基已经起身绕到了邦德尔的身边。“给她一把椅子，她着实受惊了，我看得出来。”

邦德尔跌坐在椅子上。她惊讶得四肢无力，浑身发软。巴特尔继续用他特有的平静口吻说道：

“没料到是我吧，艾琳小姐？在座的有些人也料不到。可以说，莫斯葛洛夫斯基先生是我的副手，他知道内情，但其他大多数人都不知道，他们只是从他那儿得到指示。”

邦德尔还是一言不发，她简直说不出话来，这对她来说实在是很少见的情况。

巴特尔表示理解地冲她点了点头，似乎感同身受。

“恐怕你要打消一些成见，艾琳小姐。比如说七面钟俱乐部……我知道这在小说里很常见……一个从不露面的犯罪头子把持着一个秘密犯罪组织。现实生活中可能会存在，但类似的事情我却从来没碰到过，尽管我的阅历很丰富。

“不过，现实中的确有很多传奇，艾琳小姐。人们，尤其是年轻人，喜欢读这类传奇故事，更喜欢实际去经历。现在，我来为你介绍一群令人钦佩的业余爱好者，他们为我的部门作出了值得骄傲的贡献，没有他们，这些成就无法获得。如果说他们煞有介事地选择了夸张的伪装，唉，这又何尝不可呢？他们甘愿面对真正的危险……最最严重的危险……他们之所以愿意，是因为对危险本身的向往……在我看来，在如今讲究安全第一的时代，这是一种非常有益的表现……以及报效祖国的真诚愿望。

“好了，艾琳小姐，我开始为你介绍。首先，这位是莫斯葛洛夫斯基先生，可以说你已经认识他了。正如你知道的，他管理这家俱乐部，还负责其他一大堆事情。他是我们英国最重要的一名特工。五点钟是匈牙利大使馆的安德拉斯伯爵，已故的格里·韦德先生最亲密的朋友。四点钟是海沃德·费尔普斯先生，美国新闻记者，他对英国富有同情心，新闻嗅觉极其敏感。三点钟……”

他停了下来，微微一笑。邦德尔目瞪口呆地凝视着比尔·埃弗斯利那张羞怯的笑脸。

“两点钟，”巴特尔的声音一下子沉重起来，“只能空着了。它本来属于罗尼·德弗卢先生，一个非常勇敢的年轻人，他为国捐躯了。一点钟……嗯，一点钟是格里·韦德先生，也是一位非常勇敢的年轻人，他也为国捐躯了。他的位子已经由一位女士……原本我有些担心……但事实证明她完全能够胜任，而且对我们帮助很大……顶上了。”

一点钟取下面具，邦德尔看到拉兹基伯爵夫人那漂亮的脸庞，一点也不感到惊讶。

“我早应该想到的，”邦德尔忿忿地说道，“你这个漂亮的外国女冒险家也太完美了，压根儿就不会是真的。”

“但你不知道真正的妙处在哪儿，”比尔说道，“邦德尔，她就是芭比·圣·摩尔……还记得吗，我跟你说过她的事，她是一个顶尖的演员……绝非虚言。”

“不错，”摩尔小姐操着纯正的美国式鼻音说道，“不过，这对我来说算不上骄傲，因为爸爸妈妈是匈牙利人，所以我跟别人聊起来还像那么回事。哎呀，不过上次我在双足飞龙教堂谈到花园时差点露了马脚。”

她停顿了一下，突然说道：

“这可不是……不是闹着玩的。要知道，我跟罗尼订了婚，可是他死了……唉，我必须找到杀害他的凶手，就是这样。”

“我真的被搞糊涂了，”邦德尔说道，“完全不像那么回事。”

“其实很简单，艾琳小姐，”巴特尔警司开口说道，“这还得从几个寻求刺激的年轻人说起。一开始来找我的是韦德先生，他建议成立一个组织，你可以把他们称为业余特工，做一些秘密的情报工作。我警告过他这里面会有危险……可他不是那种顾虑危险的人。我明确跟他说，任何加入组织的人都必须明白这一点。不过，好家伙，韦德先生的那些朋友还是义无返顾。于是，就这么开始了。”

“可是，目的是什么呢？”邦德尔问道。

“我们想抓捕一个人……早点把他抓捕归案。此人不是普普通通的窃贼，是韦德先生社交圈里的人，算是一个业余窃贼，但比其他业余窃贼要危险得多。他一心想大搞一票，而且是跨国盗窃。以前发生了两起重大的秘密发明盗窃案，显然是熟悉内情的人干的。我们出动了很多职业侦探……但都失败了。然后业余特工登场……结果大获成功。”

“成功了？”

“没错……但我们的人也有损失。窃贼心狠手辣，牺牲了两条人命，他却仍然逍遥法外。但是七面钟锲而不舍，正如我所说的，最终他们成功了。多亏了埃弗斯利先生，窃贼终于当场落网。”

“他是谁？”邦德尔问道，“我认识吗？”

“你跟他很熟，艾琳小姐。他就是吉米 · 塞西杰先生，今天下午已经被抓捕归案了。”

第三十三章 巴特尔的解说

巴特尔警司娓娓道来，开始解说一切谜团。

“我自己也是过了很长一段时间才怀疑到他的头上，我是听到德弗卢先生临死前说的最后几个字才得到启发的。自然，你以为那几个字是德弗卢先生要你带话给塞西杰先生，说七面钟杀害了他——字面上似乎是这个意思。但我当然知道不是那么回事，德弗卢先生是想告诉七面钟一些有关吉米·塞西杰的事。

“这似乎令人难以置信，因为德弗卢和塞西杰是很亲密的朋友。但我想起了其他一些情况……这几起盗窃案肯定是某个了解内情的人干的。这个人如果不在外交部工作，就是有办法打听到内幕。此外，我还发现很难查清楚塞西杰先生的钱是从哪儿来的。他父亲留给他的财产只是个小数目，他却能过上非常奢侈的生活。那么钱从哪里来？

“我知道韦德先生为自己的发现非常兴奋，他十分肯定自己的路线是对的。但是他谁也信不过，没有透露自己掌握了哪些线索，可是，他确实跟德弗卢先生提过。那次谈话就发生在他们一起去烟囱别墅度周末之前。正如你所知，韦德先生死在那儿……显然是服用了过量的安眠药。情况似乎很明朗，但是德弗卢先生并没有马上接受这样的解释。他坚信韦德先生是被谋杀的，凶手的手法很高明，而且他还坚信烟囱别墅里的某个人实际上就是我们正在追查的罪犯。我猜想，当时他差一点就把自己的想法告诉了塞西杰先生，因为那时他并没有对他起疑。但是，也许是出于某种考虑，他最终没有说出来。

“接着，他做了一件有些奇怪的事情——他把七只闹钟摆在壁炉架上，扔掉了多出来的第八只。他是想用它们来表示七面钟会为他们的成员之死报仇……然后他急切地观察，看有没有人在看到那些闹钟之后，会露出马脚或者流露出惊慌的痕迹。”

“是吉米·塞西杰毒死了格里·韦德？”

“不错，在韦德先生睡觉之前，吉米往他喝的威士忌加苏打水中下了毒，所以韦德才会在写给洛兰小姐的信中说自己很困。”

“这么说来，那个听差包尔跟那件事无关？”邦德尔问道。

“包尔是我们的人，艾琳小姐。我们认为那个窃贼有可能去偷赫尔·埃伯哈德的发明，于是就安插了包尔，要他注意事态的发展。但是包尔没有发挥多少作用。我前面说过了，塞西杰轻而易举就投下了致命的毒药。后来，趁大家熟睡的时候，塞西杰又把一只瓶子、一只杯子和一个空的氯醛药瓶扔在韦德先生的床边。当时韦德先生已经不省人事，他很有可能抓住韦德先生的手，在玻璃杯和药瓶上留下了指纹，以便消除别人的怀疑。我不知道塞西杰先生在看到壁炉架上的那七只闹钟之后有什么反应，他当然不会在德弗卢先生面前表露出来。尽管如此，我想他肯定有一段时间十分不好受，时不时就会想到那些闹钟。而且，我猜想，从那以后，他就开始密切注意德弗卢先生的一举一动了。

“接下来发生的情况我们不是特别清楚。韦德先生死后，就不太有人见到过德弗卢先生。不过很明显，他顺着韦德先生的提示一直追查下去，并且得到了同样的结论……那就是，塞西杰先生正是我们要抓捕的窃贼。而且我猜想，他也是被同一个人出卖的。”

“您是指……”

“洛兰·韦德小姐。韦德先生对她一往情深……我相信他希望跟她结婚……当然，她并非真的是他的妹妹……而且，毫无疑问，他跟她说了太多不该说的事情。但是洛兰·韦德小姐却爱着塞西杰先生，愿意为他做任何事情。于是，她就把那个消息透露给了他。同样，德弗卢先生后来也爱上了她，也许还警告过她要提防塞西杰。于是，轮到德弗卢先生被灭口了……他临死前想带话给七面钟，说杀害他的人是塞西杰。”

“太可怕了，”邦德尔叫道，“要是我早点知道就好了。”

“嗯，似乎不太可能。老实说，我自己也几乎无法相信。接下来就发生了双足飞龙教堂的事。今后你肯定会想起那时有多难堪……尤其对埃弗斯利先生来说，更是难堪。你和塞西杰先生联合行动。你坚持要埃弗斯利先生带你们到那儿去，他已经够窘迫了，而当他发现你偷听到了会议的内容时，更是惊呆了。”

警司顿了顿，眨了眨眼睛。

“我也一样，艾琳小姐。我做梦也想不到竟有这种事。你确实把我吓着了。

“唉，埃弗斯利先生左右为难。如果他告诉你七面钟的秘密，那塞西杰先生就不可能不知道……这是绝对行不通的。而且，这么做也正中塞西杰的下怀，这样他就有了一个现成的理由，可以顺理成章地进入双足飞龙教堂——于是他的计划实施起来就容易多了。

“我承认七面钟给洛马克斯先生寄了一封恐吓信，那是为了确保他来找我帮忙，这样我就可以来到现场。而且你也看到了，我在场时没有加以掩饰。”

警司又眨了眨眼睛。

“还有，表面上是埃弗斯利先生和塞西杰先生分两班值夜，但实际上值夜的是埃弗斯利先生和圣·摩尔小姐。她当时在藏书室的窗户边上值夜，这时听到塞西杰先生走过来，才不得不急忙闪到屏风后面去躲藏。

“说到这里，塞西杰先生的聪明之处就表露出来了。他给我讲了一个极其真实的故事，我必须承认，听他说到搏斗等等细节，我明显动摇了……我开始拿不准他跟盗窃案到底有没有关系，或者说我们的思路是不是搞错了方向。有一两处疑点与我们的思路根本不吻合。我可以跟你说，当时我真不知道如何是好。这时，出现了一个情况，终于解决了难题。

“我在壁炉里找到了那只烧得焦黑、上面有牙齿印的手套，那时……呃……我才知道我终究还是对的。不过，他的确很聪明。”

“究竟是怎么回事？”邦德尔问道，“另外一个人是谁？”

“根本没有另外一个人。听着，我来告诉你整个事情的来龙去脉。首先，塞西杰先生和韦德小姐是串通好的。他们事先约定了一个准确的会合时间和地点。韦德小姐开车过来，翻过篱笆，然后靠近屋子。如果有人拦住她，她就说出那套早已编好的完美的说词……就是后来她说的那套。不过，她还是一帆风顺地来到了露台，当时正好是两点。

“好了，我现在从有人发现洛兰开始说起。我的手下发现了她，但我给他们的命令是，凡是进去的人一律放行……只拦住任何想出去的人。听我说，我是想尽可能多地查明情况。当韦德小姐来到露台时，一个纸包落到了她的脚边，她捡了起来。同时一个男人顺着常春藤往下爬，而她则转身就跑。接下来又发生了什么？搏斗……跟着是两声枪响。听到枪声，大家会怎么样？当然是赶到搏斗现场，这样洛兰小姐就可以顺利离开庭院，带着配方开车扬长而去。

"可是事情的发展并非如此。韦德小姐恰好和我撞了个正着，于是整个游戏就起了变化，他们只好转攻为守。韦德小姐抛出了那套说词，滴水不漏，合情合理。

"接下来我们赶到塞西杰先生那里，我立刻就注意到一个情况。单单是受了枪伤并不足以让他昏倒，除非是摔倒时撞到了头……或者……呃，这么说吧，他根本就没昏过去。后来我们听了圣·摩尔小姐的叙述。她的叙述跟塞西杰先生所说相当吻合……只有一点耐人寻味。圣·摩尔小姐说塞西杰先生关灯之后就走到了窗口，然后房间里没有一点声音，以至于她以为塞西杰一定是离开到外面去了。注意，只要房间里有人，而且你仔细倾听的话，再怎么也能够察觉到他的动静。那么，假设塞西杰先生真的出去了，他会到什么地方去？顺着常春藤爬到了奥罗克先生的房间……当天夜里，奥罗克先生喝的威士忌加苏打水早已被人投下了安眠药。他拿到了文件，扔给下面的女孩子，再顺着常春藤爬下来，然后……就开始了搏斗。你想到了这一点，就容易搞懂了。把桌子一张张弄翻，摇摇晃晃走来走去，先用自己的声音说话，再装出一副假嗓子。然后，再来个点睛之笔——两声枪响。他用自己那把柯尔特式自动手枪对着假想的袭击者开了一枪，就是前些天大家都看到的那把手枪。然后，他用戴着手套的左手从口袋里掏出毛瑟小手枪，对着自己的右胳膊又开了一枪，子弹打穿了胳膊。紧接着，他把这把手枪抛出窗外，用牙齿咬下手套，扔进火里。当我赶到现场时，他假装昏倒在地。"

邦德尔深深地吸了一口气。

“事情的真相您当时并不清楚吧，巴特尔警司？”

“是的，我当时并不清楚。我和大家一样被骗了，直到事后很久，我才一点一滴地把真相拼凑起来——是从发现那只手套开始的。然后我邀请奥斯瓦德爵士把手枪从窗子扔出去，手枪落下的位置比它本该落下的位置要远很多。一个惯用右手的人用左手扔东西的话，一般是扔不到右手那么远的。可是，这依然只是怀疑……而且是理由并不充分的怀疑。

“不过，有一点引起了我的注意。那些文件显然是扔下来要某个人去捡的。如果韦德小姐是碰巧在那儿的话，那么真正要去捡的那个人又是谁呢？当然，对于那些不知内情的人来说，答案就很简单了……不是伯爵夫人是谁？但是，在这个问题上，我把你骗了。我知道伯爵夫人没问题。那么，真正的帮凶又是谁？哎呀，捡东西的人就是扔东西的人想扔给的那个人。我越这么想，就越觉得这是一个不可思议的巧合——韦德小姐不早不晚正好在那时出现。”

“当我跑去跟您说怀疑伯爵夫人时，您一定犯难了吧？”邦德尔说道。

“是的，艾琳小姐。我不得不转移话题，免得你继续追查下去。而且，埃弗斯利先生也非常为难，伯爵夫人刚刚苏醒过来，还不知道她会说些什么。”

“我现在明白当时比尔为什么那么着急了，”邦德尔说道，“他一再叫她别着急，等感觉好了再说也不迟。”

“真是难为比尔老弟了，”圣·摩尔小姐说道，“他不得不违心地演戏，假装受到我的勾引……每分每秒都招来你的怨恨。”

“好啦，”巴特尔警司说道，“好啦。我怀疑塞西杰先生……但我找不到确凿的证据。从另一方面来说，塞西杰先生自己也慌了神，他多多少少了解到他的对手是七面钟……而且很想知道七点钟是谁。他想办法去了库特家，因为他觉得奥斯瓦德·库特爵士就是七点钟。”

“我也怀疑过奥斯瓦德爵士，”邦德尔说道，“特别是他那天晚上从花园过来的时候。”

“我从没怀疑过他，”巴特尔说道，“不过我不妨告诉你，我确实怀疑过那个年轻人，他的秘书。”

“黑猩猩？”比尔说道，“不可能是黑猩猩吧？”

“有可能的，埃弗斯利先生，就是你说的那个黑猩猩。这个人非常能干，如果他想做什么，没有干不成的。我之所以怀疑过他，一是因为那天晚上是他把闹钟放在韦德先生的房间里。他完全可以顺手把玻璃杯和药瓶放在床边。还有另外一个原因，他是个左撇子。那只手套正好和他的情况吻合……如果不是……”

“不是什么？”

“牙齿印……只有右手动不了人才必须用牙齿扯掉手套。”

“这么一来，黑猩猩就洗清嫌疑啦？”

“你说的没错，这么一来黑猩猩就没有嫌疑了。如果贝特曼先生知道他曾经被怀疑过，肯定会大吃一惊的。”

“肯定会，”比尔附和道，“像黑猩猩那样一本正经的家伙……一个大蠢驴。你怎么会认为……”

“唉，就表面来说，塞西杰先生正是一个你所谓的没脑子的小蠢驴。他们两个当中必定有一个是在演戏。当我断定是塞西杰先生时，我很有兴趣想听听贝特曼先生对他的看法。贝特曼先生一直怀疑塞西杰先生，而且经常跟奥斯瓦德爵士提起。”

“奇怪，”比尔说道，“黑猩猩总是对的，真叫人受不了。”

“好啦，正如我说的，”巴特尔警司接着说道，“塞西杰先生相当紧张，面对七面钟，他感到非常不安，不清楚哪里才是真正的危险。最后，我们完全是靠埃弗斯利先生的努力才把他捉拿归案。比尔完全知道他将面临的情况，但是他做梦也没想到会把你拖进来，艾琳小姐。”

“天哪，做梦也没想到。”比尔充满感情地说道。

“他编了个故事找到塞西杰先生的住处，”巴特尔接着说道，“假装收到了德弗卢先生遗交的一些文件。那些文件提到了对塞西杰先生的怀疑。很自然，作为忠实的朋友，埃弗斯利先生应该马上赶过去通知他，并且相信塞西杰先生会作出解释。我们推断，如果我们的怀疑没错的话，塞西杰先生会设法把埃弗斯利先生除掉，而且我们确信他会采取什么手段。果然，塞西杰给埃弗斯利倒了一杯威士忌加苏打水。趁塞西杰走开的那一两分钟，埃弗斯利先生把那杯酒倒进了壁炉架上的一个罐子里，然后假戏真做，假装药物开始发生作用。他知道塞西杰投下的是慢性毒药，于是他开始叙述事先编好的故事。刚开始塞西杰先生当然是一概不认账，但是当他看到，或者以为自己看到药性开始在埃弗斯利先生身上发作时，便承认了一切，还跟埃弗斯利先生说他就是第三个送死的。

“当埃弗斯利先生接近不省人事时，塞西杰先生就把他带到楼下的汽车里，并且支起了车篷。他肯定背着埃弗斯利先生给你打过电话，巧妙地给了你一个暗示，要你跟家里人说是要送韦德小姐回家。

“你没有向别人提到塞西杰要你赶往七面钟俱乐部的事，这样，当你的尸体后来在这里被人发现时，韦德小姐会发誓说你开车把她送回了家，然后一个人去伦敦闯入了这幢房子。

“埃弗斯利先生继续表演，假装昏迷不醒。我可以告诉你，这两个人一离开杰明街，我的一个手下就进入塞西杰先生的住处，找到了掺有毒药的威士忌，里面所含的盐酸吗啡足以毒死两个人。另外，他们的那辆小汽车也被跟踪了。塞西杰先生先把车开到城外一个有名的高尔夫球场附近，然后在那儿待了几分钟——让别人看在眼里，自己要去打一场球。当然啦，这只是制造不在场的证明，必要时可以派上用场。然后，他再开车回城，一直到七面钟俱乐部。等他一看到阿尔弗雷德离开，就把汽车开到门口。他下车时假装跟埃弗斯利先生说话，是怕你在听而特意表演给你看的，然后他就进了房子，开始表演这出闹剧。

“当他假装要去找医生时，实际上只是砰的一声用力把门关上，自己并没有出去。然后他再悄悄溜上楼，躲在这个房间的门背后。随即韦德小姐就找了个借口把你打发到这里。当然，埃弗斯利先生见到你时也吓了一跳，但他觉得最好还是假装下去。他知道我们的人在监视这幢房子，你应该不会有危险，更何况他随时可以‘苏醒过来’。当塞西杰先生把手枪留在桌子上时，他觉得似乎是更安全了。至于接下来的情况……”他顿了顿，看了看比尔说道，“还是你来说说吧，先生。”

“我仍然躺在那张讨厌的沙发上，”比尔说道，“努力装出快要死的样子。然后我听见有人从楼上跑下来，洛兰站起身来朝门口走去。我听见是塞西杰的声音，但听不清说什么。我听到洛兰说：‘好了……彻底不行了。’然后他说道：‘帮我把他抬上去。会费点儿劲，不过我想让他们俩在一起……给七点钟一个小小的诧异。’我不太清楚他们在说些什么，但他们还是费力地把我弄上了楼。我把自己弄得死沉死沉的，让他们费了不少劲。他们把我扔进了房间，然后我听洛兰说：‘你确定搞定了？她再也不会醒过来？’吉米……那个该死的混蛋说：‘别担心，我是用尽全力打的。’

“他们锁上门就走了，然后我睁开眼睛看到了你。天哪，邦德尔，我从没有过那么害怕的感觉。我当时以为你死了。”

“恐怕是我头上的帽子救了我。”邦德尔说道。

“一是帽子，”巴特尔警司说道，“二是塞西杰先生的手臂还没有完全好。他自己并没有意识到……他的那条胳膊只有平时一半的力气。不过，这完全不是我们部门的功劳。我们没有尽到保护你的责任，艾琳小姐……这是这次行动当中不光彩的地方。”

“我太固执了，”邦德尔说道，“但我也太幸运了。不过我想不通的是，洛兰居然也有份儿。这个小姑娘那么温文尔雅……”

“唉！”警司说道，“本顿维尔监狱里那个杀害了五个孩子的女凶犯也是。你不能光看外表。她骨子里就不好……她的父亲应该不止一次进过监狱。”

“您也把她抓到了？”

巴特尔警司点了点头。

“也许不会判处绞刑……陪审团的人大多是软心肠。不过年轻的塞西杰肯定会被绞死……也是一件好事……我还从没遇见过比他还卑鄙无耻、残酷无情的歹徒。”

“好啦，”他补充说道，“如果你的头不那么痛的话，艾琳小姐，我们庆祝一下怎么样？转角就有一家很不错的小饭店。”

邦德尔完全同意。

“我都快饿死了，巴特尔警司。等一下，”她四下打量了一番，“我得认识一下我的新同事。”

“七面钟，”比尔说道，“万岁！我们要好好喝一顿香槟。他们是不是都跑去喝过了，巴特尔？”

“包你满意，先生。看我的好了。”

“巴特尔警司，”邦德尔说道，“你真了不起，但恐怕你已经结过婚了。看来，我只好将就着跟比尔凑合了。”

第三十四章 凯特勒姆勋爵欣然应允

“爸爸，”邦德尔说道，“我有个消息要告诉您。您就要失去我了。”

“瞎说，”凯特勒姆勋爵说道，“别跟我说什么你得了急性痨病或者心力衰竭之类的，我根本不信。”

“我不是说要死，”邦德尔说道，“我是说我要嫁人了。”

“这跟要死也差不多，”凯特勒姆勋爵说道，“恐怕我得穿上浑身不舒服的紧身礼服去参加婚礼，再把你送走。而且，洛马克斯可能会认为有必要在礼堂上吻我一下。”

“天哪！您不会以为我是要跟乔治结婚吧？”邦德尔大声叫道。

“嗯，我上次见到你时好像有这种趋势，”她父亲说道，“就在昨天上午，你知道的。”

“我要嫁的人比乔治要好一百倍。”邦德尔说道。

“但愿如此，真的，”凯特勒姆勋爵说道，“谁说得准呢。我不觉得你看人看得很准，邦德尔。你以前跟我说过，那个叫塞西杰的年轻人是个快乐开心的庸碌之辈，但从我听说到的情况来看，他好像是当今最有能耐的罪犯之一。可惜我跟他没有见过面。我以前想过，不久就要写我的回忆录了……专门用一章来写我所见过的杀人凶手……但纯粹由于疏忽，我竟然与他未曾谋面。”

“别傻了，”邦德尔说道，“您很清楚自己根本没有精力去写什么回忆录的。”

“也不是真的要我自己动笔来写，”凯特勒姆勋爵说道，“靠我自己写是写不出来的，不过前些天我碰到了一个非常可爱的女孩，她就是专门做代笔的。她搜集素材，然后负责写作。”

“那您干什么呢？”

“哦，只要每天花半小时给她提供几个事实就行了，别的什么也不用干。”稍微停顿了一下之后，凯特勒姆勋爵接着说道，“她的样子很好看，而且非常淑女，非常有同情心。”

“爸爸，”邦德尔说道，“我有一个感觉，要是我不在您身边的话，您会陷入致命的危险之中。”

“不同的危险适合不同的人。”凯特勒姆勋爵说道。

他正要走开，突然回过头来问道：

“对了，邦德尔，你要嫁给谁？”

“我还纳闷呢，”邦德尔说道，“您什么时候才会问我这个呢……我要嫁给比尔·埃弗斯利。”

这个自我主义者想了一会儿，然后十分满意地点了点头。

“好极了，”他说道，“巧了，可不是吗？他和我一起可以组队参加秋季高尔夫球双打比赛了。”

图书在版编目（CIP）数据

七面钟之谜 /（英）克里斯蒂著；程云琦，徐曙蕾译．—— 北京：新星出版社，2013.4（2022.4 重印）

ISBN 978-7-5133-1153-3

Ⅰ．①七… Ⅱ．①克… ②程… ③徐… Ⅲ．①长篇小说－英国－现代 Ⅳ．① I561.45

中国版本图书馆 CIP 数据核字（2013）第 060567 号

七面钟之谜

[英] 阿加莎·克里斯蒂 著；程云琦 徐曙蕾 译

责任编辑：王 欢
责任印制：李珊珊
封面插图：宣 和
封面设计：周伟伟

出版发行：新星出版社
出 版 人：马汝军
社 址：北京市西城区车公庄大街丙3号楼 100044
网 址：www.newstarpress.com
电 话：010-88310888
传 真：010-65270449
法律顾问：北京市岳成律师事务所

读者服务：010-88310800 service@newstarpress.com
邮购地址：北京市西城区车公庄大街丙 3 号楼 100044

印 刷：天津行知印刷有限公司
开 本：910mm × 1230mm 1/32
印 张：8.625
字 数：123千字
版 次：2013年4月第一版 2022年4月第十三次印刷
书 号：ISBN 978-7-5133-1153-3
定 价：28.00元
